이계황제
헌터정복기

이계 황제, 헌터정복기 3

초판 1쇄 인쇄일 2016년 2월 22일 | **초판 1쇄 발행일** 2016년 2월 26일

지은이 아르케 | **펴낸이** 곽중열 | **담당편집 팀장** 이범수
편집부 신연제 이윤아 김은경 홍현주

펴낸곳 (주)조은세상 | 출판등록 제 2002-23호
주소 경기도 연천군 미산면 청정로 1355
TEL 편집부 02)587-2966 | FAX 02)587-2922
e-mail bukdu@comics21c.co.kr

ⓒ아르케 2016
ISBN 979-11-5832-415-5 | ISBN 979-11-5832-412-4(set) | 값 8,000원

이계황제

헌터정복기

NEO MODERN FANTASY STORY & ADVENTURE

아르케 현대 판타지 장편소설

북두

CONTENTS

NEO MODERN FANTASY STORY & ADVANTURE

이계황제
헌터정복기

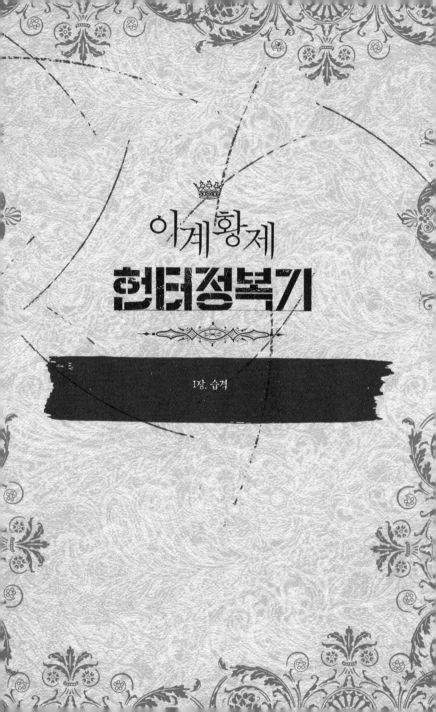

이계황제
헌터정복기

1장. 습격

1장. 습격

상태창으로 본 정보에서 가장 큰 변화가 있는 부분은 단연 카르마 포인트였다. 이 몬스터 홀에서만 약 32만 포인트의 카르마 포인트를 얻은 것이었다.

하지만 칼스타인이 보는 것은 카르마 포인트가 아닌 등급 정보였다.

'역시 한 등급 올랐군.'

마나 등급이 AC급에서 AB급으로 오르면서 전체 등급 역시 AB급으로 올랐다. 확실히 조금 전의 수련은 마나의 성질을 변환하느라 조금 더 노력이 필요하긴 하지만 밖에서 수련하는 것에 비해서 월등히 좋은 효율을 보여주었다.

'이대로만 계속 수련한다면 1년 안에 마스터에 오르는 것도 가능하겠는데?'

그렇게 하기 위해서는 족히 몇 백, 아니 천억 단위의 마정석을 부수어 흡수해야 할지도 몰랐지만, 이미 보통의 A급 헌터들보다도 많은 수입을 얻을 수 있는 칼스타인에게 더 이상의 추가적인 돈은 그리 중요한 것이 아니었다.

'그럼 돌아가 볼까?'

❖

키릭~ 키릭~

여섯 시간 전 칼스타인이 몬스터 홀에 들어간 이후 그 몬스터 홀 앞에는 한 기의 드론이 멈추어서 있었다.

다만, 완전히 멈추어 있는 것은 아니었고 몸체에 달린 카메라의 렌즈가 간간히 움직이는 것이 현재 실시간으로 촬영이 되고 있음을 알 수 있게 하였다.

사실 은폐장이 펼쳐졌기에 지금 드론 앞에는 그냥 아무 것도 없는 평지 밖에 보이지 않았다.

하지만 몇 시간째 이곳을 찍고 있는 것으로 보아 이 드론을 운용하는 자는 이곳에 몬스터 홀이 있었고, 그 안에 헌터가 들어갔음을 알고 있는 듯하였다.

얼마나 시간이 지났을까 드론이 찍고 있는 장소에서 마나 유동이 발생하더니 은폐장이 찢어지고 한 사람의 모습이 드러났다. 바로 칼스타인이었다.

그리고 당연하게도 그의 오른손에는 주먹만 한 코어가 올려져 있었다. 또한, 어느 정도 예상했듯이 왼손에도 푸른색 기운을 뿜어내는 롱소드 한 자루가 올라와 있었다.

'역시. 나왔군. 하늘색이니 희귀 등급 아티팩트인가? 희귀 등급이라니 운이 좋군.'

희귀 이상의 아티팩트를 얻을 확률은 A급 몬스터 홀을 수천 번 돌아도 한 번 얻을까 말까한 말 그대로 희귀한 확률이었다.

그런 희귀 등급의 아티팩트를 얻었기에 칼스타인의 기분은 당연히 좋을 수밖에 없었다.

칼스타인은 일단 코어 먼저 소형 압축주머니로 수납한 뒤, 아티팩트를 확인하기 위하여 하늘빛 기운을 뿜어내는 검에 자신의 마나를 주입하였다.

[장비 정보]
이름 : 크라서스 소드
등급 : 희귀
특징 : 내구도 강화

기술 : 마비의 일격(내재마나 100/100, 소모마나 25)

지금까지 보았던 고급 등급의 아티팩트와는 달리 희귀
등급의 아티팩트에는 기술이라는 항목이 하나 더 있었
다.

'희귀 등급 이상의 아티팩트는 전용 기술이 있다더니
이것인가 보군.'

직관적으로 보아도 내재마나 100에 소모마나 25라는
의미는 별다른 충전 없이 4번을 사용할 수 있다는 것으로
보였다.

내재마나의 충전에 걸리는 시간이 얼마인지 정확히 알
수는 없으나, 아티팩트에 따라서 짧으면 하루 길면 일주
일 정도의 시간이 걸린다고 알려져 있었다.

어쨌든 칼스타인이 크라서스 소드에 한 번 더 마나를
주입하자, 그의 머릿속에는 특정한 방식의 마나 운용법
이 떠올랐다. 바로 마비의 일격을 사용하는 방법이었
다.

지금 머릿속에 떠오른 대로 크라서스 소드에 마나를
주입하면 그 마나와 크라서스 소드 안에 있는 내부 마나
가 상호 작용하여 마비의 일격을 사용할 수 있는 것이었
다.

즉, 다른 검에는 아무리 그 운용법을 사용한다 해도 마비의 일격은 사용할 수 없다는 이야기였다.

물론 이 마비 공격은 아마 100% 걸리는 것은 아닐테고 상대의 저항력에 따라서 마비 확률이나 시간에 차이가 있을 것이었다. 그렇지만 A급의 헌터가 희귀 등급의 아티팩트 가하는 공격이라면 마스터 급을 제외하고 버텨낼 자가 없는 것이 분명하였다.

'나쁘지 않군. 그런데 내구도 강화라….'

내구도 강화의 옵션은 그리 좋은 특징은 아니었다. 애초에 희귀 등급의 아티팩트는 그 이하 등급의 아티팩트나 몬스터 사체로 제작된 무구들에 비해서 월등히 강한 내구도를 가지고 있었는데, 그 내구도를 더 강화시켜주는 것이기에 옵션으로서 매력은 상대적으로 떨어졌다.

'뭐… 당장 팔 것도 아니니… 그리고 나중에 검강까지 생각한다면 이 내구도 옵션이 더 좋을 수도 있겠군.'

그런 생각을 하는 칼스타인 앞에 갑작스러운 마나 유동이 발현되었다. 바로 눈앞에 있던 드론에서 발현된 마나 유동이었다.

'뭐지?'

드론이 있는 줄은 알았지만, 가만히 멈추어 있기에

몬스터 홀을 탐지하는 무인 드론이나 몬스터를 조사하는 용도의 드론 정도로 생각했었는데, 자신이 나오자마자 마나 유동이 발현되는 것을 보니 칼스타인 역시 이 드론이 자신을 기다렸음을 알 수 있었다.

드론에게서 마나유동이 발생한지 1분여의 시간도 채 지나지 않아서 드론의 주위로 5개의 마나유동이 발현하였다.

그리고 이런 유형의 마나유동의 방식은 칼스타인 역시 처음 보는 것은 아니었다. 지구에서는 처음 보는 것이지만 헤스티아 대륙에서는 숱하게 보아왔다.

'이런 방식의 마나 유동은 공간이동이다!'

물론 세부적인 마나흐름은 달랐지만 마나유동의 형태는 칼스타인이 아는 공간이동이 분명하였다.

지금 발현하는 마나량으로 보아 장거리 공간이동이 아닌 10~20킬로미터 정도의 근거리 공간이동으로 보였다.

'그렇다면 조금 전 있었던 드론의 마나 유동은 이 공간이동을 위한 대응 좌표 확인 마법이었겠군. 음… 내가 나오는 시점에서 일이 벌어진 것으로 보아 결국 날 노린 것이군.'

당연한 추론이었다. 그것이 아니라면 지금에 와서 이곳으로 갑자기 공간이동이 시전 될 리가 없었다.

칼스타인의 생각처럼 5개의 마나유동이 끝나자 그 자리에는 이미 무장을 한 상태의 남자 다섯 명이 나타나 있었다.

다섯 남자의 복장은 제각각이었지만, 다섯 모두 얼굴에는 붉은 해골이 그려져 있는 복면을 쓰고 있었다. 그 중에서 연두빛이 나는 일본도를 가지고 있던 복면 남자가 먼저 입을 열었다.

"대단한데? 기어이 솔플로 성공한 거야?"

칼스타인의 대답을 바라고 한 질문이 아니었기에 이 남자는 계속 말을 이었다.

"경철이 말대로 모두 같이 기다리고 있기를 잘 했군."

그 말에 방패를 등에 지고 숏소드를 들고 있던 덩치 큰 복면인이 대답하였다. 그의 무구 역시 연두빛을 보이고 있었다.

"형님. 제 말 맞지 않습니까. 솔플하다 뒤져버리면 증거 영상만 보내면 되겠지만, 살아난다면 보통 놈이 아니니 우리가 같이 있어야 한다 하지 않았습니까."

"증거영상?"

이들을 만나고 칼스타인이 한 첫마디였다. 칼스타인의 말을 들은 일본도의 남자는 다시 담담한 칼스타인의 말에 의외라는 말투로 대답하였다.

물론 물음에 대한 대답은 아니었다. 다만, 그가 주도해서 대답하는 것으로 보아 이 일본도의 남자가 무리의 리더임이 분명해 보였다.

　"당황하지도 않는 걸 보니 실력에 자신이 있나봐? 근데 아무리 자신 있다 해도 A급 헌터 다섯을 혼자 상대할 수 있을까? 그것도 방금 혼자서 A-중급 홀을 클리어했는데 말이야."

　"보아하니 날 노리고 온 것 같은데 어떻게 내가 여기 왔다는 것을 알 수 있었지?"

　칼스타인이 알기에 지금 그가 이 몬스터 홀에 온 것은 아는 사람은 전담 직원인 이지은과 이지은에게 몬스터 홀을 판 브로커 정도 밖에 없었다.

　그런 상황에서 자신을 노리는 자들이 이렇게 몬스터 홀 앞에 진을 치고 있다는 것은 어디선가 정보가 새어나갔다는 의미였다.

　칼스타인의 말이 재미있다는 듯 무리의 리더가 대답했다.

　"크큭, 어차피 죽을 놈이니 서비스로 알려주지. 애초에 이 홀을 넘긴 것이 우리니까 당연히 우리가 알고 있었지. 어때? 서비스 좋지? 저승 가는 길에 궁금증 갖고 있으면 안 좋다고 하니 말해주는 거야. 흐흐."

일단 이지은이 정보를 노출한 것은 아닌 것으로 보였다. 다만, 이들은 칼스타인이 이지은을 통해서 몬스터 홀을 구하는 것까지는 알고 있음이 분명하였다.

"그래? 그럼 누가 시켰는지도 말해 줄 수 있나?"

대강 짐작은 가지만 칼스타인은 확인차 질문을 던졌다.

"아무리 가는 길이라도 상도의가 있지, 의뢰인을 물어보면 안 되지."

그렇게 칼스타인이 리더와 이야기를 하는 동안 그 옆에선 또 다른 대화가 이루어지고 있었다.

"상팔아. 요즘 희귀 등급 아티팩트 시세가 어째 되냐?"

곤봉 남자의 말에 양손에 단도를 든 남자가 대답을 하였다.

"희귀 등급이면 최소 100억인데 잘 팔리는 검 종류면 아무리 능력이 허접해도 200억은 족히 받죠. 능력에 따라서 잘 받으면 300억까지도 받을 수 있구요."

"이거 대박인데? 이렇게 되면 배보다 배꼽이 더 커지겠구만. 크크큭."

이 복면 남자들은 이미 칼스타인이 가진 아티팩트가 자신의 것이 된 양 말을 내뱉고 있었다.

잠시 이들의 말을 듣고 있던 칼스타인이 나지막한 목소리로 그들에게 말했다.

"의뢰인에 대한 질문은 불문율이라 이건가? 그럼 꿇려 놓고 물어보라는 것이군."

이들은 칼스타인이 A-중급 몬스터 홀을 혼자 처리할 정도의 강자라는 것은 알고 있었지만, 혼자서 처리하느라 이미 지쳐있을 것이라 추측하고 있었다.

설령 지쳐있지 않다 해도 한 명이 5명의 A급 헌터를 대적할 수 있을 것이라고는 생각하지 못했다.

하지만 칼스타인은 몬스터 홀을 클리어하고 60여개의 마정석을 흡수하였기에 홀에 들어가기 전보다도 더 좋은 상태였다.

물론 클리어 한 직후 힘이 빠진 상태라 해서 이들 정도에 고전할 칼스타인은 아니었지만, 칼스타인이 온전한 상태로 회복한 지금 이들에게는 아무런 승산이 없다 해도 과언이 아니었다.

꿇려 놓는다는 말을 마침과 동시에 칼스타인은 번개처럼 날아가 검을 휘둘렀다.

첫 번째 대상은 그와 가장 가까이에 있는 쌍 단도를 가지고 있는 상팔이라 불린 복면인이었다.

"조심!"

칼스타인의 움직임을 조금이나마 눈치 챈 리더 복면인은 경고의 말을 날렸지만, 그 때는 이미 상팔이의 목이 날아가 버린 뒤였다.

지금 칼스타인이 사용하는 검은 홀 안에서 사용하던 코뿔소 뿔검이 아닌 조금 전 얻었던 크라서스 소드였다. 크라서스 소드를 살펴보던 중 나타났기 때문에 굳이 검을 바꾸지 않고 바로 상대한 것이었다.

'음. 확실히 아티팩트 안에 내재 마나가 있어서 그런지 상대적으로 적은 마나로도 검기발현이 가능하군.'

A급 헌터들이기에 샤이닝 소드로 상대하기 보다는 바로 검기를 사용했는데, 희귀 등급의 아티팩트인 크라서스 소드는 상대적으로 원활하게 검기를 발현하게 해주었다.

생각은 길게 이어지지 않았다. 동료의 목이 날아갔기에 다른 복면인의 비명과도 같은 외침이 들려왔기 때문이었다.

"상팔아!"

남은 네 복면인 중 세 명은 상팔이의 이름을 외쳤지만, 리더는 달랐다.

"포메이션 S!"

리더의 외침에 따라 나머지 복면인들은 재빨리 마나를 끌어올리더니 신속하게 움직이기 시작했다.

가장 먼저 움직인 것은 숏소드를 든 방패 복면인이었다. 등에 진 방패를 재빨리 펼치더니 호랑이의 포효와 같은 울부짖는 고함을 질렀다.

크와와앙!

당연히 단순한 고함은 아니었다. 마나가 깃든 그 함성은 피시전자들에게 시전자에 대한 공격을 하게 하는 소위 어그로를 끄는 기술이었다.

이 기술은 피시전자의 정신에 영향을 미치는 기술로 보통 시전자보다 정신 등급이 낮은 헌터는 거의 이 어그로 기술에 걸렸다. 그리고 정신 등급이 비슷한 경우에는 100% 걸리지는 않지만 계속 시전자를 의식하게 만드는 효과가 있었다.

다만, 칼스타인에게는 소용이 없었다. 칼스타인의 정신등급은 그들을 아득히 뛰어넘기 때문이었다.

그러나 이들은 이 사실을 몰랐다. 칼스타인이 방패 복면인의 어그로 기술에 영향을 받을 것이라고 판단한 이들은 방어보다는 공격을 선택하여 각자의 공격기술을 선보였다.

"하압!"

자신의 무공인지 비룡번신(飛龍翻身)의 식으로 뛰어오른 낭아봉의 복면인은 허공에서 크게 낭아봉을 회전시키며 칼스타인의 가격해 나갔다.

동시에 리더 역시 빛나는 샤이닝소드를 발동하여 칼스타인의 상중하단을 일격에 노리고 들어왔다.

마지막으로 가장 뒤쪽 편에 있던 맨손의 복면인 또한 어느새 손에 이글거리는 화염화살 두 개를 꺼내어 들고 칼스타인에게 쏘아내었다.

모르는 사람이 보았다면 절체절명의 순간이라고 해도 과언이 아닌 상황이었다. 그러나 칼스타인의 입가에는 옅은 미소만이 달려있을 뿐이었다.

"합!"

칼스타인의 검은 네 명 중 누구에게도 날아가지 않았다. 다만, 한껏 머금은 마나로 바닥을 찔렀을 뿐이었다.

콰과과광!

칼스타인이 바닥을 찌른 동시에 그가 자리하고 있던 바닥이 꺼지며 반경 5미터에 엄청난 바위폭풍이 몰아쳤다.

단순한 바위폭풍이었다면 A급 헌터로 보이는 복면인들이 충격을 받을리 없었으나 지금의 바위는 하나하나가 칼스타인의 강대한 마나를 머금고 있었다.

퍽! 퍽! 퍼퍼퍼퍽!

방패를 사용하던 복면인은 어그로 기술에 방어력 증가 효과도 있었는지 치명상까지는 입지 않은 것처럼 보였다.

그리고 바위 폭풍의 범위 밖에 있던 화염술을 사용하는 복면인 역시 별 다른 상처는 없었다.

하지만 칼스타인의 지근거리에 있던 리더와 곤봉의 복면인은 사정이 달랐다.

그나마 리더는 바위폭풍이 뿜어져 나오는 순간 공격을 방어로 전환하여 팔다리 정도가 부러지는 것으로 막아냈지만, 곤봉을 들고 날아오른 복면인은 공중에서 바위폭풍에 전신이 으깨어진 채 바닥으로 떨어져 버렸다.

"채규 형님!"

뒤에 있던 화염술 복면인은 잇따른 무리의 죽음에 크게 흥분하였는지 갑자기 마나를 끌어올리며 숫제 화염 미사일을 만들어내었다.

코에서 피까지 흐르는 것이 그 역시 무리한 것이 분명해 보였다.

"이 괴물! 죽어라!"

지금 화염술 복면인에게 다섯 명의 A급 헌터를 완벽하게 압도하고 있는 칼스타인은 마치 괴물처럼 보였다. 그래서 이 괴물을 죽이기 위해서 자신의 온 힘을 다한 것이었다.

외침과 함께 길이가 1미터가 넘고 두께가 어린아이 몸통만한 커다란 화살을 쏘아낸 화염술 복면인은 순간적으로 탈진했는지 한 쪽 무릎을 꿇고 칼스타인을 바라보았다.

자신이 쏘아낸 화염 화살이 칼스타인에게 적중하는 것을 보려고 한 것이었다.

그러나 칼스타인은 여전히 비웃는 것과 같은 미소를 지은 채 말했다.

"재미있는 짓을 하는 군."

말을 마친 칼스타인은 피할 생각도 없이 검을 들지 않은 왼손으로 태극을 그리더니 화염화살을 받아냈다.

터져야했던 화염화살은 칼스타인의 손의 이끌림에 따라 크게 원형을 그리더니 다시 화염술의 복면인에게 날아갔다.

피해야 했지만, 이미 순간적인 탈진으로 몸에 힘이 들어가지 않던 화염술 복면인은 복면 속의 눈만 부릅뜨고 있다가 자신이 쏘아낸 화염화살을 몸으로 받아내고 말았다.

콰아앙!

더 이상의 비명도 외침도 없었다. 화염술 복면인까지 자신의 공격에 의해 죽은 지금 살아남은 사람은 리더와 방패 복면인뿐이었다.

그나마 방패 복면인은 아직 치명상은 없는 상태라 움직이는데 지장은 없었지만, 리더 복면인은 왼팔과 오른다리가 부러진 상태라 움직임에도 제약이 있었다.

마나를 이용해서 임시로 부러진 다리를 굳히고 일어선 리더가 다시 입을 열었다.

"어… 어떻게…."

처음의 자신만만했던 말투와는 달리 지금 리더 복면인은 더듬다 시피하며 말을 하며 그 말도 채 끝맺지 못했다.

"어떻게는 무슨 어떻게. 내가 더 강하고 너희가 약했다는 것이지. 자, 이제 대화를 좀 해볼까?"

"크윽…."

천천히 다가오는 칼스타인을 보던 리더 복면인은 뒤에 있던 방패 복면인과 잠시 눈빛을 교환하더니 서로 고개를 끄덕였다.

그리고 동시에 마나를 일으켜 발에 마나를 주입하였다. 블링크 슈즈였다. 이곳을 빠져나가기 위해서는 공간이동이 좋지만 공간이동은 발현까지 시간이 걸렸다.

그렇기 때문에 일단 블링크로 시간을 번 뒤 공간이동 주문서를 사용해서 탈출할 생각을 한 것이었다.

샤사삭! 툭툭~

그러나 그들은 그 뜻을 이루지 못하였다. 그들의 신발에서 블링크 슈즈 특유의 파장을 읽었던 칼스타인이 이들의 의도를 짐작하여, 미처 블링크가 발현되기 전에 혼원무한검법의 쾌자결(快子結)을 펼쳐 네 다리를 모두 잘라 버렸기 때문이었다.

칼스타인이 블링크 슈즈를 접한 적이 없었다면 둘 중 하나는 도망칠 수 있었을테지만, 그들에게는 불행하게도 칼스타인은 이미 블링크 슈즈를 접해본 적이 있었다.

"끄아아아악!"

비명을 지르며 각자의 발목을 움켜쥐려는 둘에게 다가 간 칼스타인은 마혈을 짚어서 다른 허튼 수작을 할 수 없 게 한 뒤, 일단 지혈을 하여 과다출혈로 죽지 않도록 조 치를 하였다.

"자, 일단 얼굴부터 보고 이야기를 할까?"

칼스타인은 검을 휘둘러 그들의 해골 복면을 잘라내어 얼굴을 드러나게 하였다.

리더 복면인은 40대 중반 정도 되어 보이는 얼굴이었 는데 날카로운 눈매에 오른쪽 뺨에 있는 흉터가 그를 사 나운 인상으로 보이게 하였다.

반면 방패 복면인은 30대 후반의 남자로 처진 눈꼬리 가 순박해 보이는 인상이었다. 인상만 보아선 어떻게 이 런 조직에 들어왔는지 이해가 가지 않는 인상이었다.

"일단 넌 조용히 하고 있고."

칼스타인은 지공을 쏘아내어 리더의 아혈을 막은 다음 방패 복면인에게 물었다.

"이름."

첫 질문이라서 그런지 당연히 방패 복면인은 입을 굳게 다물며 대답하지 않겠다는 표정을 지었다.

"그래, 어디까지 버티나 보자. 계속 버텨도 좋아. 난 시간이 많으니까 말이야."

말을 마친 칼스타인은 검을 들어 방패 복면인의 허벅지에 꽂아 넣으며 마나를 주입하였다.

"끄아아아악!"

단순히 검만 꽂았다면 충분히 참을 수 있을 것이나 지금 칼스타인이 주입한 마나는 그의 신경을 갈기갈기 뜯고 있었다.

한 동안 비명소리가 이어진 이후 칼스타인은 마나 주입을 멈추고 다시 그에게 물었다.

"이름."

"기…김 경철…."

"좋아. 김경철. 소속은?"

소속을 묻는 말에 김경철을 순간적으로 두려움이 가득한 표정을 지었으며 입을 열지 못했다. 그의 망설이는 표정을 본 칼스타인은 아무렇지 않은 듯 다시 말을 이었다.

"그래? 아직 참을만한가 보군. 참고로 말하는데 어차피 넌 살아남지 못해. 순순히 털어놓고 편하게 죽느냐,

아니면 죽을 것 같은 고통 속에서 참고 참다가 말하고 죽느냐의 두 가지 선택이 있을 뿐이지."

"그… 그런…."

김경철은 아직 삶에 대한 희망을 버리지 못했던 것인지 칼스타인의 말에 동공이 흔들리며 충격을 받은 것과 같은 모습을 보였다.

그런 김경철의 모습에 칼스타인은 고개를 숙여 그의 눈을 마주치며 말했다.

"네 눈엔 내가 날 죽이려고 했던 놈들을 살려줄 만큼 자비롭게 보이나?"

결국 편안한 죽음을 선택한 김경철은 자신이 아는 대부분의 사실을 칼스타인에게 이야기한 뒤 칼스타인의 지공에 머리가 뚫려 죽고 말았다.

김경철의 말에 따르면 그들이 있던 조직은 레드스컬이라는 다크클랜이었다. 그리고 레드스컬의 주축은 이곳에 있는, 아니 있었던 다섯 명의 A급 헌터로 이들의 리더는 칼스타인이 추측한 대로 일본도를 사용하던 헌터가 맞았다.

레드스컬이 칼스타인을 노리게 된 것은 최근 레드스컬에 합류한 B급 헌터 최주용이 의뢰를 받았기 때문이라고 하였다.

바로 그 의뢰주가 박창수였다. 최주용은 제천 길드에 있다가 사고를 쳐서 쫓겨난 헌터였는데, 제천에 있을 때부터 상당히 친했던 박창수에게만 자신이 레드스컬에 들어간 것을 이야기 했다고 하였다.

그러다 며칠 전 박창수가 최주용을 통해서 레드스컬에 칼스타인을 해치워 달라는 의뢰를 하였었다.

A급 헌터의 척살이기에 최주용은 섣불리 승낙하지 않고 리더인 차기찬에게 의뢰 내용을 말했는데, 차기찬은 박창수가 제시한 20억원의 의뢰금을 듣고 이 의뢰를 승낙한 것이었다.

이후 박창수에게서 이지은이 칼스타인의 전담 직원이라는 등의 제천의 내부 정보를 들은 차기찬은 이지은이 몬스터 홀을 찾는 다는 사실을 이용하여 이 몬스터 홀을 노출시킨 다음 이곳에서 칼스타인을 처리하려 한 것이었다.

물론 이들은 그 결과가 이렇게 될 지는 전혀 몰랐지만 말이었다.

그렇게 김경철을 처리한 칼스타인은 이번엔 차기찬의 아혈을 풀고 질문을 던졌다.

"김경철의 말 이외에 추가로 더 할 말이 있나? 쓸 만한 정보를 뱉어낸다면 너 역시 편하게 보내주지. 그게 아니

라면 날 죽이려 한 도의상 몇 군데는 주물러 주고 보내야
할 것 같은데…."

"크윽… 날 죽인다면 네 놈 역시 성치 못할 것이야! 우
리 레드스컬의 뒤에는 다크소울이 있다!"

지금 차기찬이 말하는 다크소울은 세계적인 다크클랜
으로 블러디문과 함께 양대 다크클랜으로 꼽히는 악명
높은 조직이었다.

물론 헛소리일 수도 있지만, A급 헌터 다섯이 있는 레
드스컬은 어중이떠중이 같은 다크클랜과는 다르니 완전
히 거짓말은 아닐 수 있었다.

하지만 칼스타인은 그 말에 아랑곳 않고 대꾸하였다.

"그래서 뭐?"

다크소울의 이름을 말하면 아무리 칼스타인이라도 겁
을 먹지 않을까 생각했던 차기찬은 약간 당황하며 다시
한 번 말했다.

"다… 다크소울이다!"

"그래서 어쩌라고? 그러니까 네 말은 지금 널 살려주
면 다크소울이 나서지 않는다 뭐 그런 거야?"

"그…. 그렇다…."

"참나. 그럼 네가 다크소울의 힘을 입어 날 다시 공격
하지 않는다는 보장은 어디 있지?"

"그… 그건….."

"오히려 네가 복수를 하려고 다크소울에게 재의뢰를 한다는 쪽이 더 현실성 있는 가정 같은데?"

칼스타인의 말처럼 다크클랜으로 일컬어지는 이들의 악한 성정이라면 다시 복수를 하는 쪽이 그들의 상식에는 더 맞는 일일 것이었다. 당연히 차기찬은 그런 칼스타인의 말을 부인하였다.

"아… 니야. 살려만 주면 저… 절대로 비밀을 엄수해서 이번 일은 묻어놓도록 하겠습니다."

차기찬은 어느 샌가 존댓말을 쓰고 있었지만 그 스스로는 의식하지 못하고 있었다.

"말이 되는 소리를 해야지. 차라리 내가 증거자체를 인멸해 버리고 아까 전 김경철에게 들은 네 놈들의 본부와 잔당마저 다 쓸어버리는 것이 그 다크소울과 엮이지 않을 가능성이 높겠다는 생각이 들지 않나?"

차기찬의 말이 진짜든 가짜든 마음 같아서는 그 다크소울까지 다 쓸어버리고 싶은 칼스타인이었다.

하지만, 세계적인 다크클랜이니만큼 마스터 급의 강자가 있을 확률이 높았다.

아직 마스터 급까지 자유로이 상대한 정도로 회복하지는 못했기에 어느 정도는 조심할 필요가 있었다.

"아…. 아닙니다…."

"아니야. 그게 낫겠어. 애초에 네 놈들 같은 쓰레기는 살려두는 것이 더 해롭지. 하. 날 죽이려 한 주제에 궁지에 몰리니 도리어 협박을 해?"

그 말과 함께 칼스타인은 다섯 번의 지공을 날려 차기찬의 몸 여기저기에 박아 넣었다. 자신의 몸을 파고드는 낯선 마나에 잠시 움찔하던 차기찬은 직접 타격을 하는 공격이 아님을 알고 의아한 표정을 지으며 말했다.

"지금 뭘…. 으아아아아악!"

칼스타인이 남긴 마나는 그의 전신의 신경을 장악하고 신경을 난도질하는 것과 같은 고통을 주고 있었다. 즉시 고통이 일어나지 않은 것은 바로 신경을 장악하기까지 시간이 걸렸기 때문이었다.

"으아악! 아아아악!"

"시끄러."

시끄럽다는 말을 하며 칼스타인은 다시 차기찬의 아혈을 막았다. 아직 마혈을 풀리지 않아서 미세한 움찔거림 밖에 할 수 없는 차기찬은 격렬하게 몸을 떨면서 자신의 고통을 온 몸으로 표현하고 있었다.

잠시 동안 그를 보던 칼스타인은 눈을 부릅뜬 채 몸만 떨고 있는 차기찬의 머리에 다시 한 번 지공을 박아 넣었다.

퍼억!

이번에는 직접 타격을 위한 지공이었기에 차기찬의 머리에는 주먹만한 구멍이 뚫렸고, 그제야 차기찬의 몸은 떨림을 멈추었다.

그렇게 모든 습격자들을 처리한 칼스타인은 그들이 쓰던 장비들을 회수하기 시작했다.

"후우. 이게 다 몇 개야?"

다섯 명의 헌터들에게서 나온 고급 아티팩트만 10점이었다. 무기류가 6점, 방어구류가 4점이었다. 거기다 몬스터 홀에서 얻은 크라서스 소드까지 합치면 이번 사냥을 통해서 무려 11점의 아티팩트를 얻은 것이었다.

이것뿐만이 아니었다. 불에 탄 화염술사를 제외한 네 명의 헌터에게서 블링크 슈즈와 소형 공간압축주머니를 얻을 수 있었고 대강만 훑어보았는데 그 공간압축주머니에는 1회용 공간이동 주문서, 각종 독약과 해독약, 고급 회복 포션까지 다양한 고가의 소모품 등이 자리잡고 있었다.

"이거 더 이상 돈 걱정은 없겠는데? 후후."

블링크 슈즈나 소모품을 제외하고 10점의 고급 등급 아티팩트만 판다고 가정을 해도, 최소 2백억원 이상의 수입을 올릴 수 있을 것이었다. 그야말로 대박이 터진 것이나 마찬가지였다.

"보람찬 하루네. 그럼 이제 출발 해 볼까?"

아티팩트 뿐만 아니라 기타 다른 장비까지 수습했기에 더 이상 이곳에 볼 일은 없었다. 이들의 시체야 어차피 산 속이니만큼 조만간 산짐승들의 밥이 될 가능성이 높았다. 굳이 별도로 치울 필요가 없다는 말이었다.

하지만 아직 칼스타인의 이곳에서의 볼 일은 끝나지 않았다. 두 번째 마나유동이 발현되었기 때문이었다.

이번에도 공간이동의 마나유동이었다. 마나의 발현양이 아까 전보다 월등히 많은 것으로 보아 이번에는 꽤나 장거리의 공간이동으로 보였다.

"또 뭐야?"

이제 다 끝났다는 생각으로 출발할 준비까지 다 마친 칼스타인은 새로운 공간이동의 발현에 짜증부터 났다.

'설마 마스터 급이 오진 않겠지?'

마스터 급 이상만 출현하지 않는다면 칼스타인의 적수가 될 사람은 없었다.

설령 마스터 급이 온다 하더라도 만일 칼스타인이 A급 헌터라 방심한다면 이기지 못할 이유가 없었다.

그런데 나타난 사람은 뜻밖의 인물이라 할 수 있었다.

'뭔가 수작을 부릴 것은 알았지만 벌써 나타난 것인가? 후후.'

바로 공간이동으로 등장한 사람은 제천길드의 인사2팀장 황종호였다. 황종호는 나타나자마자 박수를 치더니 칼스타인에게 말을 건넸다.

짝~짝~짝~

"설마 했는데 진짜 A급 몬스터 홀을 처리하실 줄은 몰랐습니다. 거기다가 5명의 레드스컬까지 해치운 것은 정말 인상적이었습니다. 보아하니 그들도 A급 헌터 같던데 말이죠. 위에 보고하지 않길 잘했군요."

여기까지 말하는 것을 보니 황종호 역시 원거리 드론 등을 통해서 이곳을 보고 있었음이 틀림없었다.

"다 봤나보군. 그래 어떠하던가?"

칼스타인의 담담한 태도에 황종호는 되려 머쓱해하며 그에게 말했다.

"하하. 제가 나타난 것에 생각보단 놀라지 않으시는군요. 놀랍지 않으십니까?"

"아, 놀라워. 이런 질문을 원하는 것 같으니 그럼 물어보지. 내가 이곳에 있는 것은 어떻게 알았지?"

"하하. 제가 이지은 대리의 직속상관입니다. 이 대리가 하는 말이 수혁씨가 무모한 짓을 하는데 말려야 하지 않느냐고 A-중급 몬스터 홀의 솔로 플레이에 대한 보고를 하더군요. 통상적인 경우에는 윗선에 보고를 하는데, 혹시나 싶어 그냥 두고 보았는데 결과적으로 잘 되었군요."

"잘 되었다라… 뭐가 잘 된 것이지? 그리고 이곳에 나타난 이유가 뭐지?"

칼스타인은 그가 나타난 이유를 짐작하고 있었지만 짐작이 아니라 확인하여야 하였다. 그것은 지금의 상황을 영상으로 녹화하고 있었기 때문이었다.

보통 아티팩트 방어구에는 별도로 설치해야하지만 몬스터 사체로 만드는 갑옷에는 대부분 이 영상저장장치가 달려있었다. 어차피 사냥에 따른 정산을 위해서는 영상이 필요했기 때문이었다.

다만, 이 몬스터 홀은 칼스타인 개인이 구한 홀로 정산이 필요 없었기에 굳이 칼스타인은 영상 녹화 기능을 사용하지 않았지만 지금 황종호를 만나면서 영상녹화 기능을 작동시킨 것이었다.

그것은 황종호가 제천 길드 소속이었기에 칼스타인이 그를 처리하는 이유에 대한 명확한 증거가 필요해서였다.

물론 그의 죽음이 그대로 묻힌다면 불필요한 일이겠으나, 만일 제천 길드에서 황종호의 죽음을 조사하다 조사결과가 자신에게까지 닿는다면 이 영상을 제공하여 정당방위를 주장할 수 있을 것이기 때문이었다.

"하하하. 글쎄요. 제가 왜 나타났을까요?"

"모르니까 물어보잖아."

묘하게 짧아진 칼스타인의 말이 거슬렸는지 황종호는 질문에 대한 대답대신 반문으로 답하였다.

"그런데 우리가 언제 말을 놓은 사이가 된 것인가요?"

"그런 사이가 된 적은 없는 것 같은데."

"그렇다면 왜 이수혁씨는 제가 말을 놓고 있는 것이죠?"

"그건 네가 더 잘 알겠지."

"제가요?"

"넌 네게 적의를 품고 있는 자에게 존대를 하나보군. 난 그러지 않는데 말이야."

칼스타인의 말에 약간 어이없는 듯한 얼굴을 한 황종호는 이내 크게 웃음을 터트리며 말했다.

"하하하하. 눈치가 빠르신데요? 하긴 나타난 시기가 너무 공교롭긴 했죠?"

"그래. 애초부터 보고 있었는데 다 끝난 이 타이밍에 나타난 것을 보면 뭐 다른 추측은 필요 없겠지."

"하하하. 그렇죠. 그렇지만 저는 꽤나 마음 졸이면서 헌터들과의 대결을 보았습니다.

"왜 마음을 졸였다는 말이지?"

"왜긴 왜입니까. 그 다섯 명의 헌터들에게 이수혁씨가 당할까봐 그랬죠. 그럼 희귀 등급 아티팩트도 날아가 버릴 테니 말입니다. 사실 희귀등급 아티팩트가 떴을 때 바로 나타날까 했는데 그랬으면 큰일 날 뻔했네요. 저는 수혁씨를 노리는 사람이 또 있는 줄은 몰랐거든요. 잘못했다가는 아티팩트를 얻어놓고 다시 뺏길 뻔했지 말이에요."

아직 희귀 등급의 크라서스 소드는 칼스타인의 손에 있지만, 황종호는 자신의 것인양 이야기를 하고 있었다. 첫 만남에 칼스타인의 내부로 넣어둔 기폭충을 믿고 있는 것 같았다.

그런 상황이 재미있었던지 칼스타인은 기폭충에 대한 사실을 모르는 것처럼 가장하고 다시 한 번 그에게 질문을 던졌다. 어차피 그의 입으로 증거도 남겨야 했기 때문이었다.

"그런데 다섯 명의 헌터를 잡는 것을 보고도 이렇게 나타난 것이냐? 잘 봐야 B급 헌터 정도의 마나로 보이는데 말이야. 날 상대할 자신이 있는 것이야?"

"하하하. 그렇죠. 전 전투능력으로만 친다면 B급 헌터만도 못할 것입니다. 하지만 제겐 한 가지 특이한 재주가 있지요. 바로 이것 말입니다."

37

딱~!

황종호는 말을 마치면서 오른손을 튕겨 소리를 내었다. 단순히 소리만을 내는 것이 아니라 그 손동작을 신호로 특이한 마나를 칼스타인에게 쏘아내었다.

하지만 이미 사라진 기폭충이 반응할 리가 없었다.

"어?"

기폭충이 날뛰며 칼스타인이 바닥을 뒹구는 모습을 보여야하는데 칼스타인이 아무렇지 않게 그냥 서있자, 황종호는 당황해 하며 한차례 손가락을 더 튕겼다. 그래도 반응이 없자 한차례가 아닌 계속해서 손가락을 튕겼다.

딱~! 딱! 딱! 딱! 딱!

"왜… 왜 이러지?"

그의 행동을 보고 있던 칼스타인이 말했다.

"혹시 첫 만남 때 내 속에 집어넣은 이상한 기운을 발동시키는 거라면 이미 없앴다고 말해주지."

"뭐… 뭐라고?"

"날 낮추어 본 것 같군. 황종호."

그제야 무엇인가가 잘못되었다고 판단한 황종호는 어색한 웃음을 짓다가 빠르게 다리로 마나를 보냈다. 아니 보내려고 하였다.

샤악!

"으아아아악!"

"어째 하는 짓들이 똑같은지 원."

황종호 역시 블링크 슈즈를 이용한 탈출을 도모했던 것이었다. 당연히 그 마나의 움직임을 알고 있는 칼스타인은 조금 전처럼 블링크 슈즈가 발동하기 전에 황종호의 다리를 잘라내 버린 것이었다.

칼스타인은 양 발이 잘려 바닥을 뒹굴고 있는 황종호의 다리를 지혈한 후 그에게 물었다.

"하나만 물어보자. 내 몸에 이질적인 마나를 넣고, 이렇게 내 뒤통수를 치러 온 것이 너 혼자의 판단이냐? 아니면 네 윗선에 누군가가 있는 것이냐?"

"저… 저 혼자만의 판단입니다."

어차피 죽을 상황에서 거짓을 말할 이유는 없었기에 칼스타인은 그의 말에 별 다른 의심은 하지 않았다.

"그래? 그럼 깔끔하겠군. 잘 가라. 앞서 간 녀석들이 있으니 같이 가면 될 거야."

그 말을 끝으로 칼스타인은 손가락에 마나를 드리웠는데 그 모습에 황종호는 눈을 부릅뜨며 외쳤다.

"사…. 살려주십시오! 사… 살려만 주신다면 아티팩트도 드릴 수 있습니다!"

황종호가 이런 짓을 한 것은 처음이 아니었다. 당연히 지금껏 모아두었던 아티팩트들도 있을 것이었다.

"네 수준으로 얻은 것 아티팩트라 해봤자 고급 등급 정도겠지. 고급 아티팩트는 오늘만 해도 10개나 얻었으니 필요 없어."

"그… 그런…."

실제 희귀 등급 이상 아티팩트는 없었는지 황종호는 칼스타인의 단정적인 말에 반박도 하지 못한 채 또 다른 이야기를 꺼내며 살아남으려 발악을 하였다.

"나… 날 죽인다면 길드에서 가만히 있지 않을 것…."

퍼억!

하지만 칼스타인은 그의 구질구질한 말을 더 들을 이유도 생각도 없었다.

"그래서 내가 지금 만일을 대비해서 녹화 떠 놨잖냐."

그렇게 황종호까지 처리한 칼스타인은 크라서스 소드를 공간압축주머니로 수납하며 조용히 말했다.

"휴. 긴 하루군."

A급 몬스터 홀에서 몬스터와의 전투, 나오자마자 레드스컬과의 전투, 마지막으로 황종호의 처리까지 적지 않은 일을 한 칼스타인이었다.

물론 통상적인 A급 몬스터 홀 하나를 처리하는 시간에
도 미치지 못하는 짧은 시간이었지만, 여러 가지 사건들
로 인하여 체감시간은 상당히 흐른 것 같았다.

'일단 거슬렸던 놈들은 대강 다 처리가 되었군.'

칼스타인의 생각처럼 박창수와 그가 의뢰했던 레드스
컬, 그리고 칼스타인의 체내로 이질적인 마나를 주입하
려 했던 황종호까지 근래 그의 신경을 거슬리게 했던 인
물들은 오늘로서 다 정리를 한 것이었다.

'한 번에 처리할 수 있었으니 잘 되었다고 해야 하려
나.'

칼스타인은 깔끔하게 한 번에 다 처리할 수 있어서 차
라리 잘 되었다고 생각했지만, 은원은 꼬리는 언제나 길
었고, 대부분 그 꼬리를 잡고 새로운 인연, 혹은 악연이
만들어지는 경우가 많았다.

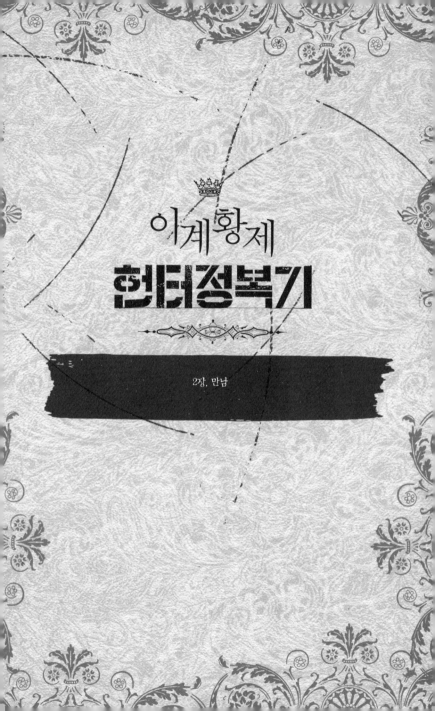

이계황제
헌터정복기

2장. 만남

2장. 만남

"우와. 이게 다 웬 거에요?"

사냥을 마치고 신촌의 성호상회에 들른 칼스타인은 조금 전 사냥에서 얻은 아티팩트들과 블링크 슈즈 등을 최선주 앞에 늘어놓았다.

"사냥 했죠."

"한 몬스터 홀에서는 하나의 아티팩트 밖에는⋯. 아⋯."

사냥 했다는 칼스타인의 말에 고개를 갸웃거리며 말을 잇던 최선주는 무언가 깨달았다는 듯이 경호성을 내며 말을 멈췄다.

이렇게 대량의 아티팩트를 가져올 경우는 두 가지 중 하나 밖이었다. 하나는 헌터들을 습격을 한 것이고 하나는 습격을 받고 반격을 한 것이었다.

어느 쪽이든 몬스터가 아닌 사람에게서 얻은 아티팩트라는 의미였다.

그리고 최선주는 오늘 오전 칼스타인이 혼자서 사냥을 나섰다는 사실을 알고 있었기에 그녀의 추리는 당연한 결론을 내었다.

"뒤치기가 들어왔나 보네요."

뒤치기는 헌터들 사이에서 종종 사용되는 은어였다. 몬스터 홀의 입구를 지키고 있다가 사냥이 끝난 헌터를 치는 것을 의미하는 말이었다.

"뭐 그렇죠."

정확히 말하면 뒤치기라기보다는 청부 살해였지만, 칼스타인은 굳이 정정하지 않았다.

"와. 그런데 10점의 아티팩트라면 최소 네 명은 넘을 테고, 전부 고급 등급을 쓰는 만큼 A급은 되었을 것 같은데 혼자서 다 처리하신 거에요?"

놀라면서 감탄하는 최선주의 말에 칼스타인은 아무것도 아니라는 표정으로 말했다.

"실력들이 형편 없더라구요."

"푸흡~!"

뜻밖의 칼스타인의 말에 최선주는 입을 가리고 웃음을 터트렸다. 하지만 그녀의 머릿속은 팽팽 돌고 있었다.

'혼자서 A급 몬스터 홀을 사냥 가능하고, 네다섯 명의 대인전 특화 헌터들을 처리할 수 있는 무력. 정말 대단한데?'

젊은 나이에 A급 헌터에 오른 것 만해도 대단하지만, 지금 알게 된 사실은 칼스타인을 더 높게 평가하게 해주었다.

"여튼 이것들은 필요 없으니 처분하려구요. 얼마나 쳐줄 수 있죠?"

"잠시만요."

지금 칼스타인이 꺼낸 건 몇 억짜리 무구가 아니었다. 고급 등급인 만큼 최소 10억부터 그 가격이 형성되어 있었다.

칼스타인이 가져온 아티팩트에 하나씩 마나를 주입하며 무구의 이름과 특징을 파악한 최선주는 빠르게 컴퓨터의 자판을 두드리며 같거나 비슷한 아티팩트들의 정보를 검색하였다.

삼십여분의 시간이 지나자 최선주는 가격을 뽑아서 칼스타인에게 말해주었다.

"검이 네 자루, 봉이 하나, 방패가 하나, 갑옷류가 네 개네요. 평균시세로 해서 검이 30억, 숏소드 20억, 단도 두 개 20억, 봉이 10억, 방패가 30억이네요. 갑옷류는 네 개 다 해서 90억 정도 하구요. 합치면 딱 200억이네요."

"200억이라…."

몬스터 사체나 다른 물품들 없이 아티팩트만으로 200억이었다. 문득 돈을 벌려면 다크클랜 사냥이 낫다는 생각이 드는 칼스타인이었다.

하지만 어차피 돈은 이 정도로 충분하였고 몬스터 홀사냥을 해야 빨리 경지의 회복을 할 수 있기에 단지 생각으로 그쳤다.

그런 생각을 하는 칼스타인에게 최선주의 목소리가 이어졌다.

"직접 구매를 요청하시면 평균가격에서 10%의 수수료 차감이 있습니다. 대신 바로 현금을 가져가실 수 있구요. 판매대행을 원하시면 수수료는 5%입니다. 다만, 팔릴 때까지 현금이 들어오지 않는다는 단점이 있네요. 어떤 걸 선택하시겠습니까?"

10%의 수수료면 상당한 금액이었지만, 블랙마켓이 아닌 그냥 마켓에 팔면 세금 등을 고려하여 15~20%의 차감률로 매입하기에 오히려 저렴한 것이었다.

"10%면 180억이라는 말이군요. 바로 이 계좌로 보내 주세요."

칼스타인은 최선주에게 계좌를 하나 보여줬고 최선주 는 바로 180억원의 대금을 입금하였다. 성호상회의 규모 는 그리 크지 않아 보였지만 이 정도의 현금을 바로바로 결제 해주는 것으로 보아 생각보다 큰 상점임을 알 수 있 었다.

"입금하였습니다. 그런데 사냥을 다녀오신 것 같은데 마정석이나 몬스터 사체는 팔지 않으시나요?"

"아. 그건 길드에서 처리할 생각입니다. 혼자서 사냥이 가능하다는 것을 보여줘야 앞으로 제가 올리는 사냥 계 획서를 통과시켜 주겠지요."

칼스타인은 자신의 사냥을 찍은 영상과 함께 몬스터 사체 처리를 요청하여 자신의 능력을 보여줄 생각이었 다.

아무런 실적 없이 솔로 플레이를 요청하면 거절당할 가능성이 높지만, 저런 실적을 보여준다면 길드에서도 칼스타인의 요구를 거절할 이유가 없었다.

"아… 그렇군요."

"대신 이건 팔려고 합니다."

칼스타인이 이번에 꺼낸 건 블링크 슈즈를 비롯한 기타

소모품 등이었다. 몇 가지 용품은 개인적으로 사용하기 위해서 빼두었지만 사용할 일이 없어 보이는 대부분의 소모품은 다 판매 대상으로 꺼내 놓았다.

최선주는 꼼꼼하게 칼스타인이 꺼낸 물품을 감정하였고 결국 7억4천만원의 가격을 책정하였다.

"아티팩트는 중고가 없지만, 사람들이 만든 건 한번 쓰고 나면 중고취급이니 생각보다 가격이 높지가 않아요."

"그렇네요. 여튼 그 금액도 아까 계좌로 보내주세요."

"네. 바로 조치하였습니다. 확인해보세요."

스마트폰을 꺼내서 계좌를 확인하는 칼스타인에게 최선주는 말을 건넸다.

"어쩐지 느낌이 좋더라니 역시 대단한 헌터셨네요. 그러고 보면 제가 서비스 해준 것이 선견지명이 있었나 봐요."

사실 최선주가 서비스로 준 몬스터 홀 전용의 숙박도구는 사용하지도 않았지만 칼스타인은 그녀의 말에 동의하며 고개를 끄덕였다.

"그렇군요. 어쨌든 앞으로도 좋은 거래 부탁합니다."

"네. 저희 성호상회를 이용해 주셔서 감사합니다! 혹시 원하는 물품 있으면 구매대행도 해드리니까 필요하신 물품 있으면 말씀해주세요."

"그런가요? 알겠습니다. 기억하고 있지요. 그럼 수고하세요."

모든 물품을 처리한 칼스타인은 인사를 하고 가게문을 나섰는데 최선주는 한참 동안이나 칼스타인이 나간 문에서 눈을 떼지 못하고 있었다.

'과연 그가….'

잠시 생각을 정리하던 최선주는 상점 앞에 있는 팻말을 휴식중으로 바꾸고 문을 잠그었다. 그리고 휴대전화를 꺼내어 어디론가 전화를 걸었다.

"아빠. 저에요. 그러니까 말이죠…."

그녀의 전화는 한참 동안이나 이어졌다.

박창수의 병실에는 저번에 병실에 다녀갔던 제성도 부회장이 자리하고 있었다.

제성도는 박창수의 팔목을 잡고 마나를 주입하는 등 한동안 그의 내부를 살피다가 손을 떼더니 잠시 생각에 잠겼다.

한참 동안 침묵하고 있는 그의 모습에 답답함을 느꼈는지 박일용은 제성도에게 말을 건넸다.

평소라면 생각에 잠긴 부회장의 집중을 깨는 행동을 할 박일용이 아니었지만, 지금 그의 아들이 반쯤 시체 상태였기에 박일용에게 그런 조심성을 기대하는 것은 과하다 할 수 있었다.

"부회장님! 어떻게 되었습니까? 창수가 회복할 수 있을까요?"

박일용의 채근에도 제성도는 섣불리 입을 열지 못하였다. 그 역시 지금의 상황이 이해가 잘 가지 않았기 때문이었다.

'분명 치료가 다 된 것을 확인하였는데…'

며칠 전 제성도는 분명 박창수가 치료된 것을 확인하고 병실을 나섰다. 마나홀이 상당히 약해졌었지만 시간만 들여서 충분히 요양을 한다면 분명 치료될 수 있는 상태였다.

그런데 지금 그가 살펴본 박창수는 내부가 완전히 엉망이 되어 재기 자체가 불가능한 상태가 되어버려 있었다. 그의 상식으로는 이해할 수 없는 상황이었다.

"음…."

제성도가 입을 떼자 박일용은 기대감에 어린 얼굴로 그의 말을 기다렸다.

"혹시 그 날 내가 치료한 이후 박창수씨가 이렇게 되기 전까지 병실에 다녀간 사람이 있었는가요?"

박일용은 치료가 가능하냐는 질문에 대한 답이 아님에 약간 실망을 하였으나 지체 없이 그의 말에 대답하였다.

"부회장님의 치료가 끝난 뒤로 병실에 온 사람이라 곤…. 아. 그 때 같이 보셨던 이수혁이라는 A급 헌터가 전부입니다."

"이수혁이라…."

이수혁의 이름을 들은 제성도는 칼스타인을 떠올리며 다시 한 번 생각에 잠겼다.

'이수혁이라… 분면 A급 치고는 날카로운 기운을 갖고 있긴 하였지만, 그 정도 능력으로 이런 짓이 가능할 리는 없어. 이 기운은 분명 검기의 기운인데….'

제성도가 확인한 이수혁 즉, 칼스타인은 분명 아직 마스터에 오르지 못하였다.

하지만 지금 박창수의 내부를 엉망으로 만든, 그리고 만들고 있는 기운은 검기 이상의 기운이기에 제성도는 당연히 칼스타인을 용의선상에서 배제하였다.

'그렇다면 결국 내가 없앴던 기운이 온 몸을 파괴하는 트리거가 된 것이란 말인가? 이런 식으로 기운을 운용하는 경우는 마법이나 가능할텐데…. 하지만 분명 그 때 그 기운은 무공의 기운이었단 말이지….'

결국 제성도는 칼스타인을 용의선상에서 지우며 전혀 엉뚱한 추측을 하기 시작하였다. 물론 엉뚱한 추측인 만큼 답이 나오진 않았다.

"부회장님…."

기다리다 지친 박일용은 다시 한 번 사정하는 말투로 제성도를 불렀고, 그의 말에 제성도는 어쩔 수 없이 그가 원하는 대답을 해주었다.

"일단 기운 자체는 제거는 불가능 한 것이 아닙니다. 다만."

"다만?"

"마나로드와 신경자체에 그 마나가 녹아있어 기운을 제거하면 마나로드와 신경 역시 같이 제거가 되어 버릴 가능성이 높습니다."

칼스타인이 지금 심어둔 마나는 저번과 같이 단순히 마나를 좀 먹는 수준이 아니었다.

그의 신체를 완전히 파괴한 칼스타인은 마지막으로 리하르트식 마나연공법의 상생결(相生結)을 역으로 시전하여 박창수에게 베풀어 둔 상태였다.

원래 상생결은 체나 마나의 일부를 항상 치료를 위해서 사용되는 회복결의 일종이었는데 칼스타인은 그걸 역으로 사용하여 박창수의 기운과 합일시켜 두었다.

결국 칼스타인의 마나, 아니 박창수의 마나는 그의 신체를 상시적으로 파괴하며 막대한 고통을 안겨주고 있었다.

마치 전신의 마나로드와 신경에 암세포가 발현되어 있는 것이나 마찬가지인 상태가 되어버린 것이었다.

"그… 그럴 수가…."

믿었던 제성도마저 부정적인 이야기를 하자 박일용은 믿을 수 없다는 표정을 지었다. 그러다 뭔가 생각났다는 듯이 제성도에게 물었다.

"아. 혹시 백탑의 대마법사가 대회복마법을 사용한다면 치료가능하지 않겠습니까?"

박일용은 어디선가 들었던 대회복마법을 언급하였다. 하지만 제성도는 그에 대해서도 회의적인 대답을 하였다.

"대회복마법이라… 하긴 대회복마법으로 상처 입은 단전을 치료한 케이스가 있긴 있죠."

"그렇다면 가능하다는 말씀입니까?"

"글쎄요. 백탑의 세븐메이지를 초대할 수 있을지 여부는 둘째로 치고, 지금의 상태로는 대회복마법을 사용한다 하더라도 이미 유착이 되어 있는 마나로드나 신경을 살리기 힘들 것 같네요. 천운이 닿아 환골탈태라도 하면 모를까 지금으로서는 회복은 불가능 할 것으로 보입니다."

"그… 그런….."

"안타깝지만 어쩔 수 없겠습니다."

제성도의 말은 여기까지였다. 더 이상의 할 말이 없는 제성도는 바닥에 주저앉은 박일용을 내버려 두고 병실을 나왔다.

다만, 병실을 나오는 제성도 역시 표정은 밝지 않았는데 그것은 박창수를 치료하지 못했다는 사실 때문은 아니었다. 기껏해야 B급 헌터 하나가 재기불능이 된 것 정도야 그에게는 아무 일도 아니었기 때문이었다.

'누구지? 누가 이런 짓을 한 것이지? 설마 다크클랜에서 새로운 마스터가 탄생한 것인가? 음…. 한 번 알아볼 필요가 있겠어.'

제성도의 고민은 다크클랜에서 특이한 능력을 가진 새로운 마스터가 탄생한 것 아니냐에 대한 고민이었다. 그렇게 칼스타인에서 비롯된 제성도의 오해는 잠잠하던 고위 능력자 세계에 새로운 물결을 일으키고 있었다.

◈

쿵~!

"여기 있어."

칼스타인은 배낭 형태로 된 대형 공간 압축주머니를 내리면서 이지은에게 말을 건넸다.

"오늘도 수고하셨습니다."

"수고는 무슨. 사냥 영상 줄 테니 지원팀에 보내주고, 나중에 정산금 제대로 들어왔는지 확인해줘."

"네, 알겠습니다."

칼스타인이 제천에 들어온 지도 삼개월의 시간이 지났고, 그 동안 임시 전담직원이었던 이지은은 칼스타인의 정식 전담직원이 되었다.

정식의 전담직원이 되면서 둘 사이의 호칭 역시 편하게 바뀌었다. 아니 칼스타인만 편하게 바뀌었다.

다른 대부분의 인간관계들이 그렇듯이 서로의 나이와 갑과 을의 권력관계를 반영하여 칼스타인은 반말을 하고, 이지은은 처음과 마찬가지로 존대를 하고 있는 상황이었다.

"아. 그리고 계좌에 얼마나 있지?"

"이번 사냥에 대한 정산금은 아직 산정 전이니 그걸 제외하고 말씀드리면, 현재 약 104억 4천만원의 현금을 보유 중입니다."

"104억이라…."

"삼 개월만에 100억의 수입을 올리셨다니 정말 대단하십니다."

지금 이지은의 말은 빈말이 아니었다. 실제로 아티팩트 대박이 터지지 않고서 A급 헌터가 3개월 만에 100억의 수입을 올리는 것은 대단한 일이 맞았다.

또한 수입금의 1%를 받기로 약정한 이지은 역시 칼스타인 덕분에 3개월만에 1억의 수입을 올린 것이니 그녀가 그런 말을 하는 것도 이상하지 않았다.

그러나 그녀의 그런 말에도 칼스타인은 아무런 감흥이 없었다.

이지은이 지금 말한 계좌는 제천 길드에서 정산금을 산정해 주는 계좌로, 사실 칼스타인은 이 계좌 외에도 하나의 계좌가 더 있었기 때문이었다.

바로 길드를 통하지 않은 사냥 정산금을 입금하는 계좌였다. 그 계좌에는 이미 5백억원이 넘는 돈이 들어 있었기 때문에 지금 이지은이 말한 100억이 조금 넘는 돈은 칼스타인에게 전혀 크게 느껴지지 않았다.

"그런데 집을 알아본다는 건 어떻게 되었어? 찾아봤어? 그 100억 말고도 다른 돈 더 있으니까 돈이 얼마가 들던지 좋은 곳으로 찾아봐."

칼스타인은 어느 정도 돈을 모았다는 생각에 새로운 집으로 이사 갈 생각을 하였다. 아무래도 그린존 외각에 있는 지금의 아파트는 몬스터 웨이브 같은 큰 사건이 터지면 안전하다고 할 수는 없었기 때문이었다.

그래서 칼스타인은 저번 주 월요일 이지은에게 안전하고 편리한 전원주택의 구매를 의뢰했었다.

하지만 빠른 결과물을 가져오는 평소의 이지은과는 달리 주택 구매에 관해서는 아직 아무런 말이 없었기에 칼스타인은 지금 한 번 더 언급을 하는 것이었다.

"사실 남산 남쪽 블루존에 매물 하나가 이 헌터님께서 말씀하신 조건에 들어맞는데 가격이 생각보다 비싸서…."

블루존이라면 고등급 헌터들이 모여 사는 그린존으로 안전은 확실할 것이 분명하였다.

"블루존이라… 가격이 얼만데?"

"대략 300억원입니다."

아무리 서울 시내 물가가 살인적이라 하더라도 전원주택 한 채에 300억원이면 과하다 할 수 있었다.

현재 칼스타인이 가진 현금을 생각해도 적은 돈은 아니었다. 하지만 이제 얼마든지 많은 돈을 벌 수 있는 칼스타인에게는 돈은 크게 중요한 가치가 아니었다.

"사."

"네?"

"그 집 사라고."

이지은이 아는 칼스타인의 현재 가진 돈으로는 살 수 없는 금액이었기에 이지은은 약간 당황해 하며 말을 이었다.

"그… 그럼 계약금으로 30억을 걸고 향후 잔금을 치르는 식으로 하면 되겠습니까?"

"아니 계좌 알려주면 바로 보내줄 테니까 계약서 쓰고 계좌나 알려줘."

"아… 알겠습니다."

이지은은 칼스타인이 길드에서 제공하는 정보 외에 외부에서 얻는 정보를 통해서도 사냥을 한다는 사실은 알고 있었다.

그녀 역시 외부 정보를 통해서 몬스터 홀을 구해준 적이 있었기에 당연히 알고 있는 사실이었다. 하지만 삼개월만에 3백억이 넘는 큰돈을 벌었다고는 생각하지 못하였다.

'어… 언제 그렇게 수입을 올리신 거지? 삼개월동안 길드에서 제공한 몬스터 홀이 다섯 개고 내가 찾아드린 몬스터 홀이 네 개인데… 설마 또 다른 정보 루트가 있으신 건가?'

그녀의 추측대로 칼스타인은 또 다른 정보루트를 가지고 있었다. 바로 블랙마켓에서 매장을 운영하고 있는 성호상회가 바로 그 루트였다.

길드에서 제공하는 몬스터 홀의 사냥 결과물들은 길드를 통해서 정산하여야 했지만, 외부에서 얻은 몬스터 홀의 결과물은 주로 성호상회를 통해서 처리하였다.

그런데 외부에서 얻은 몬스터 홀의 두 번째 정산 거래를 할 때, 성호상회의 신촌지점장 최선주는 칼스타인에게 제안을 하였다.

성호상회에서 몬스터 홀에 대한 정보를 제공하고 그 결과물을 독점 매매하고 싶다는 제안이었다.

어차피 몬스터 홀을 찾고 있는 칼스타인은 그녀의 그런 말에 거절할 이유가 없었기에 승낙을 하였다.

다만, 몬스터 사체에 대한 정산비율은 높여주더라도 마정석은 모두 칼스타인이 갖는 형태로 계약을 체결하였다. 마나를 흡수하기 위해서였다.

그 이후 삼개월 동안 성호상회에서도 여섯 번의 몬스터홀에 대한 정보를 알려주었고 당연히 칼스타인은 솔로 플레이로 몬스터 홀을 공략하여 상당한 돈과 마나를 얻을 수 있었다.

사실 많은 돈이 필요하지 않았던 칼스타인은 마정석을 별도로 구매해서 흡수하려는 시도를 한 적도 있었다.

하지만 시간이 갈수록 마정석의 결정과 그 속의 마나

가 동화가 되는지, 몬스터의 체외로 나온 지 오래된 마정석은 결정을 부수어도 외부로 분출되는 마나의 양이 적다는 것을 알게 된 이후로 그 시도는 포기한 상태였다. 결국 자신이 흡수할 마정석은 그 자신이 구해야 했다.

"그리고 한 10억 정도 더 줄 테니 집 사면 그 안에 가전하고 가구, 집기, 생활용품까지 적당히 채워줘."

"아… 알겠습니다."

가전, 가구 등에 10억이면 과한 돈이었지만, 칼스타인은 아무렇지 않게 말하였다.

이지은 역시 칼스타인의 이런 태도에 어느 정도는 적응한 상태였기에 별 다른 대꾸를 하지 않고 고개를 끄덕이며 대답했다.

"그럼 난 나가 볼 테니 일 봐. 혹시 몬스터 홀에 대한 정보 들어오면 바로바로 알려주고."

칼스타인이 할 말을 마치고 나가려는 기색을 보이자 이지은은 서둘러 말을 이었다.

"아. 이 헌터님. 경영지원본부에서 길드장님과의 환담을 이야기 하였습니다. 어제 길드장님께서 해외일정을 마치시고 들어오셨다고 하시네요. 오전에 연락이 왔었는데 헌터님께서 몬스터 홀 사냥에 들어갔다고 하니 나오시는 데로 연락을 달라고 하더군요."

칼스타인이 제천에 들어온 지 삼개월이 되었지만, 그는 아직 제천의 길드장을 만나지 못하였다. 제천의 길드장 제극명이 그동안 해외에 나가 있었기 때문이었다.

보통 B급 이하의 헌터는 길드장과의 면담 없이 그냥 경영지원 본부장 선에서 면담을 하는 것으로 그치지만, 길드의 주력 헌터인 A급 헌터는 새롭게 가입하면 보통 길드장과 면담을 하기에 지금의 부름은 이례적인 것은 아니었다.

"그래?"

"일단 이 헌터님의 평소 패턴으로 보아 제가 저녁때는 식사가 가능할 것이라 말씀드렸습니다."

사실 오늘 들어간 홀은 10인용 A-하급 몬스터 홀이었다. 10인용 홀인만큼 그 크기는 웬만한 소도시에 맞먹는 규모였다.

일반적인 사냥팀의 경우에는 최소 삼일에서 길면 일주일도 더 걸리는 몬스터 홀이었는데, 칼스타인은 오전에 들어갔다가 오후에 나온 것이었다.

그것도 몬스터 홀의 코어를 찾느라 대부분의 시간을 사용했고 실제 사냥은 그렇게 오래 걸리지도 않았다.

"잘했네."

지금이 오후 네 시 정도이니 저녁 식사를 하면 딱 맞을 시간대였다.

"이 헌터님의 대기실에 식사 때 입을 수트와 구두는 준비해 두었습니다. 샤워를 하시고 그걸 착용하시면 되겠습니다."

A급 헌터이니만큼 개인의 대기실도 있었다. 팀은 팀 단위로 조금 큰 대기실을 사용하나 칼스타인은 팀을 이룬 적이 한 번도 없었기에 개인 대기실을 사용하는 중이었다.

"좋아. 약속시간은?"

"아직 확정된 것은 아닌데 길드장님 역시 오늘 저녁에는 된다고 하였으니 대략 6시에서 7시 정도일 것 같습니다. 확인하고 제가 따로 연락드리겠습니다."

"오케이. 그럼 좀 있다 봐."

샤워를 마친 칼스타인은 약속시간이 되기 전 자신의 상태를 점검하고 있었다.

헤스티아 대륙에서는 감각적으로 파악하던 상태를 시스템을 통한 문자화 된 상태로 파악하는 것에 흥미를 느낀 칼스타인은 종종 시스템의 상태창을 열어보곤 하였다.

[기본정보]

이름 : 이수혁, 등급 : AA, 상태 : 정상

카르마포인트 : 5,634,875/5,734,875,

[능력정보]

신체능력 : AA, 정신능력 : X(측정불가), 마나능력 : AA

[기술정보 (타입: 무투형)]

혼원무한신공(SS) 69/92, 혼원무한검법(SS) 49/95, 카이테식 검술(S) 75/100, 파르마탄식 체술(S) 63/100, 아리엘라식 검술(S) 69/100, 알테아식 마나수련법(S) 65/100, 리하트식 마나수련법 65/100, …. , 삼목심안(C) 99/100

[귀속정보]

환수 썬더버드[셀리나] (전설)

'조금만 더 하면 AS는 올라갈 것 같은데, 마스터까진 아직 좀 더 남은 것 같군. 근데 5백만 포인트나 쌓았는데 아직도 B급 기술 밖에 목록에 나오지 않는 것을 보니 천만 포인트는 쌓아야 A급 기술이 나오겠는데….'

지금 칼스타인의 카르마 포인트는 5백만 포인트가 넘어섰는데 그가 보는 상점 창에는 아직도 A급 기술들의 목록은 나오지 않고 있었다.

　백만 단위가 넘어갈 때부터 B급 기술 목록이 나온 것으로 보아 천만 단위는 찍어야 A급 기술이 나올 가능성이 높았다.

　사실 지금까지 칼스타인은 기술 부분에 대해서는 큰 관심을 갖지 않았었다.

　그것은 그 자신이 전투에 관한 기술은 웬만하면 다 갖고 있었고, 설령 없다 해도 헤스티아 대륙에서 구해서 익힐 수 있었기 때문에 굳이 상점을 통해서 기술을 구매할 필요를 느끼지 못했기 때문이었다.

　하지만 최근 여러 차례의 사냥을 통해 칼스타인은 탐지 능력이 향상 될 필요를 느꼈다.

　몬스터 홀의 코어만 찾으면 빠르게 사냥을 끝낼 수 있는 그의 능력 상 코어를 찾을 수 있는 탐지 능력만 향상된다면 사냥을 빨리 끝낼 수 있기 때문이었다.

　원래 헤스티아 대륙에서의 칼스타인은 무엇인가를 찾을 필요가 있을 때 무제한의 마나를 통한 혼원무한신공의 탐지결로 문제를 해결했었다.

　그러나 마나가 제한되는 지구의 몸으로는 그 탐지결의 효용을 제대로 발휘할 수 없었기 때문에 새로운 기술이 필요하였다.

삼목심안이 있긴 하였지만, 저 등급이라서 그런지 칼스타인이 생각만큼의 효용이 나오지 않아 유명무실한 상태였다.

이에 칼스타인은 헤스티아 대륙에서 원하는 무공을 찾기 위해 칼스타인은 엘리니크에게 이런 조건에 맞는 무공을 찾아보라고 하였지만, 탐지에 관련한 부분은 무공보다는 마법으로 해결하는 헤스티아 대륙의 특성상 칼스타인이 원하는 조건에 맞는 무공은 찾을 수가 없었다.

결국 상점을 통한 탐지안을 획득하는 것이 가장 빠른 길이 되어버렸기에 칼스타인은 이례적으로 상점의 기술에 관심을 갖기 시작한 것이었다.

'일단 천만 포인트를 넘겨서 A급 기술이 나오면 다시 한 번 살펴보아야겠군.'

그렇게 상태창을 닫고 대기실에서 잠시간의 명상을 하고 있다보니 어느새 약속했던 시간이 다가왔다.

약속시간은 7시였고, 약속장소는 라벤더라는 레스토랑이었다. 라벤더는 제천 길드 본사에서 얼마 떨어지지 않은 곳이라 도보로도 충분히 이동 가능한 곳이었다.

이지은이 준비해 두었던 옷으로 갈아입고 대기실을 나서자 그 문 앞에는 이지은이 자리하고 있었다.

"계속 기다린 거야? 들어와 있지 그랬어?"

들어와 있으라는 말에 무슨 상상을 하였는지 잠시 얼굴을 붉힌 이지은은 서둘러 말을 이었다.

"아… 아닙니다. 저도 조금 전에 왔습니다."

그녀의 그런 반응이 이해도 되는 것이 상당수의, 아니 대부분의 A급 헌터들은 전담 직원과 일적인 관계 이상의 관계를 맺고 있었기 때문이었다.

좋게 풀린 경우에는 둘은 애인 관계가 되었고, 안 좋게 풀리는 경우는 불륜이나 섹스파트너 같은 부적절한 관계가 되는 경우도 많았다.

헌터와 전담 직원 간의 관계가 그렇게 된 것에는 크게 두 가지 이유가 있었다. 하나는 A급 헌터는 사회에서 인정받는 높은 위치라 할 수 있어 대부분의 사람들이 선망의 눈으로 본다는 점이었다.

당연히 전담 직원들 역시 예외는 아니었다. 그런 상황에서 A급 헌터가 유혹을 버티는 전담 직원은 얼마 되지 않았다.

두 번째 이유는 A급 헌터를 전담하는 직원들은 소수의 몇몇 케이스를 제외하고는 모두 예쁘고 잘생긴 젊은 직원이라는 점이었다.

자신의 일거수일투족을 항상 주의 깊게 보며, 모든 일에 불편함이 없도록 도와주는 특출 난 외모의 이성을 좋아하지 않을 자는 적었다. 헌터 역시 그리하였다.

그러다 보니 양측의 합이 맞아 떨어져, 대부분의 헌터와 전담직원은 업무적인 관계를 넘어서 사적인 관계를 맺게 되는 것이었다.

하지만 삼개월이 지났지만 칼스타인은 여전히 그녀를 일적으로만 대하고 있었고 어떠한 성적인 유혹을 한 적이 없었다.

이지은도 무슨 이유가 있는지 다른 전담 직원들과는 달리 딱히 칼스타인을 유혹하려는 행동을 한 적이 없어서 둘의 관계는 담백한 업무 관계로 그치고 있었는데, 지금 대기실로 들어와 있지라는 칼스타인의 질문을 이지은이 오해한 것이었다.

칼스타인은 무심한 눈으로 얼굴이 붉어진 그녀를 잠시 바라보더니 이내 문 밖으로 나섰다. 그런 칼스타인의 뒷모습을 바라보는 이지은의 얼굴은 좀 더 붉어졌다.

'정말 대단하신 분이야… 언니들이 말한 A급 헌터들과는 차원이 달라… 하지만… 내가 그럴 생각을 할 처지가 아니니….'

이지은은 무슨 이유인지 자신의 처지를 비관하며 칼스타인에게 연정(戀情)을 갖는 것을 스스로 자제하고 있었다.

칼스타인이 라벤더에 도착한 것은 약속 시간인 7시가 되기 10분 전이었다.

라벤더까지 안내한 이지은은 자신의 할 일을 마쳤다는 듯 칼스타인에게 인사를 하고 물러났고, 10분이 지나 7시 정각이 되자 종업원의 안내에 따라 두 명의 남자가 칼스타인이 있는 골드룸에 들어왔다.

"이수혁씨 먼저 와 있었군요. 늦진 않았죠?"

"네, 저도 조금 전에 왔습니다."

두 명의 남자 중 한 명은 부회장 제성도였다. 그래도 칼스타인과 안면이 있던 제성도는 스스럼없이 그에게 먼저 말을 건넸다.

그렇다면 나머지 한 사람이 바로 제천의 길드장 제극명일 것이었다.

검은 색으로 염색한 머리를 깔끔하게 손질한 제극명은 무게감 있어 보이는 중후한 외모를 가진 50대 초반의 모습이었다. 하지만 칼스타인이 알기에 제극명은 70대의 노인이었다.

제성도와 마찬가지로 역시 마스터에 오르며 신체가 재구성되며 노화가 느려진 것이었다.

제성도가 칼스타인에게 인사를 하고나자 제극명이 손을 내밀며 칼스타인에게 인사를 하였다.

"반갑네, 제천을 맡고 있는 제극명이라고 하네."

"네, 반갑습니다. 이수혁이라고 합니다."

보통 악수를 하면 힘 있게 손을 두어 번 흔드는 것으로 끝나지만, 제극명은 칼스타인의 손을 놓아주지 않았다. 대신 맞잡은 손을 통해 그의 마나를 칼스타인의 내부로 투영하였다.

"윽…."

뜻밖의 공격에 칼스타인은 잠시간의 신음성을 내뱉을 수밖에 없었다.

하지만 이내 마나를 빠르게 돌려 제극명의 마나를 몰아내었는데, 그의 대처는 통상적인 A급 헌터 수준에서 할 수 있는 정도로 그쳤다. 굳이 제극명에게 경각심을 심어주고 싶지 않아서였다.

제극명 역시 본격적으로 싸울 생각까지는 아니었기에, 칼스타인의 대응에 자신의 마나가 사라짐에도 그는 추가적인 마나주입을 하지는 않았다.

이내 마주잡았던 손을 놓은 제극명은 너털웃음을 지으며 칼스타인에게 말했다.

"허허. 젊은 사람이 대단하구만. 성도의 반응 속도

못지않아."

칼스타인은 실력을 숨겼다고 하였지만, 그것으로도 제
극명은 충분히 칼스타인의 실력에 깊은 인상을 받은 듯
하였다.

그런 제극명의 말에 칼스타인이 뭐라고 말하기도 전에
제성도가 먼저 말을 꺼내었다.

"아버지, 그 정도입니까?"

"그래, 우리 제천에 대단한 재목이 들어왔구만, 어쩌면
제천의 세 번째 마스터가 될 지도 모르겠어. 허허."

지금 제극명이 한 행동은 칼스타인에 대한 일종의 시
험이었다. 하지만 시험에 대한 아무런 언급도 없이 이런
행동을 하는 것은 무례를 넘어 자신의 힘과 지위를 믿은
일종의 폭력이라고 할 수 있었다.

이 제극명의 행동 때문에 칼스타인은 오래간만에 느낀
불쾌감을 내심 억누르고 있었다. 다만, 칼스타인의 불쾌
감이 향하는 곳은 제극명이 아닌 그 스스로였다.

'후… 역시 빨리 힘을 찾아야겠어. 이렇게 휘둘리는 기
분은 오랜만이군.'

약육강식(弱肉強食)의 세계, 강자존(强者尊)의 세계에서
살아온 칼스타인의 가치관 상 강자가 약자를 마음대로 하
며 자신의 힘을 휘두르는 것은 별로 특이한 일도 아니었다.

약한 것이 죄였지, 강자가 자신의 힘을 마음대로 휘두르는 것이 죄가 아니었다. 다만, 강자는 그 힘을 휘두른 책임을 지면되는 것이었다.

그런 맥락에서 칼스타인은 지금 제극명의 시험에 큰 불만이 없었다. 그런 힘에 휘둘리는 자신에게 불만이 있을 뿐이었다.

"말도 없이 갑자기 시험해서 미안하네. 순간적인 대처 능력을 보고 싶어서 그랬다네."

그래도 제극명은 미안하다는 말은 하였다. 사실 제극명의 이런 시험은 처음이 아니었는데, 그가 이렇게 만족할 만한 결과를 얻은 것은 처음이었다.

그렇기 때문에 지금 제극명이 칼스타인에게 건네는 말투는 호감이 섞여 있었다.

"괜찮습니다."

"괜찮다니 다행일세. 그럼 일단 앉게나."

이미 칼스타인의 프로필을 보고 온 제극명은 마치 그를 오래 전부터 알았던 사람처럼 이야기를 주고받았다.

종업원이 준비한 코스요리를 가져다주는 동안에도 대화는 끊이지 않았다. 메인 요리를 마치고 디저트까지 나오자 같이 대화를 나누던 제성도는 종업원에게 이야기해서 잠시간 출입을 삼가라고 지시를 하였다.

무언가 중요한 이야기가 나올 시점인 것 같았다.

아니나 다를까 커피로 입가심을 한 제극명이 지금까지의 목소리와 달리 목소리 톤을 낮추고 나지막이 칼스타인에게 말을 건넸다.

"수혁군."

"네, 회장님."

"내 이미 자네가 사냥했던 영상을 몇 차례 보았네. A급 몬스터 홀을 혼자서 처리한다라… 내가 A급일 때는 상상도 못했던 일을 잘도 해내더군."

"과찬이십니다."

칼스타인은 예의상 겸양의 말을 하였다. 하지만 제극명의 말은 예의상 하는 말이 아니었다.

"과찬이 아니야. 내 자네의 영상을 보니 자네는 샤이닝 소드를 쓰는 것이 아니라 거의 마스터의 오러 소드에 준하는 기술을 쓰던데 어찌된 것인가?"

영상만으로는 실제 마나의 성질이나 압력을 느낄 수는 없기에 오러 소드라고 단언할 수는 없겠지만, 제극명의 오랜 경험을 토대로 보았을 때 칼스타인의 무공은 검기를 기반으로 하는 것이 틀림없어 보였다.

당황할 수도 있는 질문이었지만 칼스타인은 이에 대답할 말을 이미 준비하고 있었다.

"지금 시험을 해보셔서 알겠지만, 저는 아직 마스터에 오르지 못하였습니다."

사실 테스트도 필요없이 A급 몬스터 홀에 들어간다는 것만으로도 아직 S급, 즉 마스터 급에는 오르지 못했음을 알 수 있었다.

"흐음… 그렇긴 하지… 그럼 그 영상은….."

"생각하시는 것이 맞을 것입니다. 제가 가진 아티팩트가 제 마나 성질과 잘 맞는지 샤이닝 소드만을 사용해도 그 정도의 절삭력을 보여주었습니다."

"아티팩트라면…. 그 희귀 등급의 아티팩트 말인가?"

희귀등급의 아티팩트인 크라서스 소드를 얻은 뒤로 칼스타인은 굳이 다른 무기를 사용하지 않고 그 크라서스 소드를 사용하는 중이었다.

물론 크라서스 소드에는 절삭력 증폭 등의 기술은 없었으나 그런 사실을 칼스타인이 공개하지 않는 이상 다른 사람들이 알 리가 없었다. 개인이 가진 아티팩트의 능력은 개인이 가진 능력과 마찬가지로 기밀에 해당하는 사안이기 때문이었다.

"그렇습니다. 시스템에서 나타내는 특성이나 기술과는 무관하게 아티팩트의 내재마나가 제 마나와 시너지 효과를 보이는 것 같았습니다."

실제 크라서스 소드에는 절삭력 증가 등의 특징이 없었기에 칼스타인은 만일의 경우를 대비한 밑밥을 깔았다. 그런 사정도 모르고 일단 제극명은 칼스타인의 말은 이해하는 눈치였다.

"역시 그랬던 것인가…."

제극명 역시 어느 정도는 예상했던 부분이었다. 조금 전의 시험도 그렇고 일단 A급의 몬스터 홀에 들어간다는 것만으로도 칼스타인이 아직 마스터에 오르지 못한 것은 분명한 사실이었다.

결국 그런 사냥이 가능하게 하는 것은 아티팩트의 영향이라고 볼 수밖에 없었다. 진실과는 다른 추론이었지만, 지금 그가 할 수 있는 가장 합리적인 생각이었다.

그렇게 생각을 정리한 제극명은 다시 칼스타인에게 말을 건넸다.

"흐음… 아티팩트를 감안하더라도 자네의 사냥 모습을 보니 마스터가 사냥하는 것과 다르지 않았어. 아마 지금 A급 헌터 중에서 마스터가 될 가능성이 가장 높은 헌터를 뽑는다면 단연코 자네일 걸세."

"다시 한 번 말씀드리지만 과찬이십니다."

"나도 다시 한 번 말하지. 절대 과찬이 아닐세. 그래서 하는 말인데, 혹시 내게 배워 볼 생각이 없는가? 내 아직 그랜드마스터의 벽을 넘지는 못하고 있지만, 성도 저 녀석을 마스터까지 키운 것이 바로 나라네. 지금 자네의 수준이라면 5년 안에 마스터가 된다고 장담하지."

확실히 엄청난 제안이었다. 마스터를 키운 마스터가 직접 가르쳐 준다니, 아직 마스터가 되지 못한 헌터들 중에서 그 제안을 거절할 사람은 아무도 없을 것이었다.

다만, 이미 마스터, 그랜드마스터 그리고 그 위의 라이트소더까지 올라가는 뚜렷한 길을 알고 있는 칼스타인에게는 전혀 의미가 없는 제안이었다. 하지만 칼스타인은 그런 내심을 내색하지 않고 물었다.

"음… 제게 왜 이런 제안을 하시는지 궁금합니다. 전제천에 들어온 지 3개월에 불과한데 말입니다. 이미 제천에는 제천에 충성심을 가진 많은 A급 헌터들이 있지 않습니까?"

"허허. 사실 싹이 보이는 녀석들은 성도가 별도로 가르치고 있다네. 하지만 대부분의 A급 헌터들은 마스터가 되기엔 글렀어. A급에 안주하여 나이가 들면 도태될 놈들뿐이지. 난 성장할 수 있는 인재가 필요하다네. 그래야 앞으로 다가올 마스터스 리그를…"

제극명이 마스터스 리그라는 말을 할 때, 지금껏 옆에서 둘의 말을 듣고만 있던 제성도가 그의 말을 막으며 말했다.

"아버지!"

제성도의 외침에 제극명은 아차 하는 얼굴로 조금 전하던 말을 얼버무리며 말을 이었다.

"흠흠… 어쨌든 우리 제천을 위해서 자네와 같은 인재가 필요하다네. 이것이 내가 이런 제안을 하는 이유지."

제극명은 분명 마스터스 리그라는 말을 하였고, 칼스타인은 정확하게 그 말을 들었다.

제성도가 막긴 하였지만, 거기까지만 들어도 제천에서 마스터를 키우려는 이유가 그 마스터스 리그에 있다는 것을 알 수 있었다.

하지만 칼스타인은 그들이 감추려는 것을 굳이 캐묻지는 않았다. 일단 말을 꺼낸 이상 향우 필요한 때가 되면 알 수 있으리라는 생각 때문이었다.

"말씀은 잘 알겠습니다. 하지만, 저도 제 나름의 방식이 있습니다. 그리고 C급부터 A급까지 제 방식으로 빠르게 성장하였기에 일단은 제 방식대로 해보고 싶네요. 만일 벽에 막힌다면 회장님이나 부회장님께 별도로 도움을 요청하겠습니다."

칼스타인은 그들의 기분이 상하지 않도록 발언의 수위를 조절하였다. 자신감에 넘치는 그들을 자극할 필요는 없었기 때문이었다.

제극명 역시 칼스타인의 빠른 성장을 잘 알고 있었기에 굳이 자신의 주장을 강권하지는 않았다. 그리고 그 내심에는 어차피 칼스타인이 마스터가 되는 벽, 소위 말하는 절망의 벽에 부딪혀서 자신의 도움을 청할 것이라 생각하고 있었다.

"흠… 자네 생각이 그렇다면 잘 알겠네. 아. 요즘 집을 구하고 있다지?"

자신의 제안이 받아들여지지 않자 제극명은 뜬금없이 집 이야기를 꺼냈다.

"그렇습니다만…."

"내 알아보니 남산 아래 블루존 쪽에 집을 구한다던데."

제극명은 이미 여기까지 알고 있었다. 칼스타인은 굳이 부인하지 않고 고개를 끄덕이며 말했다.

"맞습니다."

"그 집을 내가 사주고 싶은데 어떤가?"

"네? 갑자기 왜…."

제극명의 제안은 뜻밖이라 할 수 있었다. 시가 300억에 달하는 집을 지금 제극명은 아무런 이유 없이 칼스타인에 게 사준다고 하고 있었기 때문이었다.

하지만 이어지는 제극명의 말에 칼스타인은 그의 제안을 수락하였다.

"사제 관계로 묶어두고 싶었는데 자네가 거절하니 이 렇게 선물이라도 주면서 자넬 잡고 싶어서 그러네. 그러 니 자네가 제천에 있을 거면 거절하지 말게나."

제극명은 굳이 선물의 이유를 감추지 않았다. 그 정도 로 그는 칼스타인을 잡고 싶어 하고 있는 것이었다.

300억은 분명 큰돈이었지만, 장래 S급 헌터가 될 가능 성이 높은 유망주에게 투자하지 못할 정도로 큰돈은 아 니었다. 한국의 5대 길드에 들어가는 제천은 그 정도 여 력은 충분히 있었다.

"… 알겠습니다. 감사히 받도록 하겠습니다."

제극명이 그런 제안을 하는 이유를 충분히 짐작한 칼 스타인은 잠시 망설이다 그의 제안을 받아들였다. 어차 피 칼스타인 역시 당분간은 제천에 있을 생각이기에 굳 이 그의 제안을 거절할 필요가 없었기 때문이었다.

"허허허. 좋아, 좋군."

300억이 넘는 돈을 쓰면서도 제극명은 뭐가 그리 좋은 지 연신 너털웃음을 지었다. 그러면서 제극명은 칼스타인에게 다시금 물어보았다.

"혹시 다른 요구사항은 없는가?"

요구사항을 밝히라는 제극명의 말에 칼스타인은 눈을 빛내며 말했다.

"있습니다."

"오~ 뭔가? 내 힘닿는 것이라면 다 들어주겠네."

그가 들어주는 것이었지만 오히려 제극명이 더 기뻐하며 칼스타인에게 말했다. 어떤 것이든 칼스타인에게 빚을 남길 수 있음에 기꺼워하는 분위기였다.

지금의 분위기라면 영웅급 아티팩트의 사용권을 달라고 해도 들어줄 것만 같은 분위기였다. 하지만 칼스타인이 원하는 것은 그런 것이 아니었다.

"백탑의 세븐메이지나, 흑탑의 다섯 날개 중의 한 사람과의 만남을 주선해 주실 수 있겠습니까?"

뜻밖이라 할 수 있는 제극명의 과도한 호의에 칼스타인은 제천 길드에 가입했던 애초의 목적을 이야기하였다.

사실 칼스타인은 장기적으로 길드에 공헌도를 쌓은 다음에야 이런 요구를 할 생각이었지만, 굳이 이런 좋은 기회를 놓칠 필요는 없었다.

조금 전 칼스타인이 언급한 마법사들은 모두 마스터의

경지라 할 수 있는 7서클을 뛰어넘은 마법사들이었다. 그런 만큼 그들은 7서클 회복 마법인 대회복마법을 쓸 줄 아는 마법사이기도 하였다.

당연히 대회복마법을 통해 박정아의 마나홀에 난 상처를 치료할 수 있을 것이라는 생각에서 칼스타인은 그들은 언급한 것이었다.

뜻밖이라 할 수 있는 칼스타인의 말에 잠시 고개를 갸웃거리던 제극명은 이내 무엇인가가 생각났는지 탄성과 함께 말을 건넸다.

"세븐메이지? 아… 그렇군. 자네 모친께서 마나홀에 상처가 있다고 했지? 그걸 치료하려고 그러나?"

제극명은 칼스타인을 만나기 전 그에 관한 프로필을 보았기에 박정아의 상황 역시 알고 있었다.

"맞습니다."

"흐음… 하긴 마나홀을 치료하려면 대회복마법 정도는 되어야 할테고…."

"그렇지요. 어차피 그들은 돈에 연연할 정도의 인물들이 아니니 만남, 아니 전언(傳言)이라도 전할 수 있다면 그들이 원하는 것과 대회복마법의 시전을 교환할 생각입니다."

칼스타인의 말처럼 마스터 급의 마법사라면 돈이 부족할 일은 거의 없었다. 마법도구만 제작 하여도 수십억원의 돈은 기본으로 벌 수 있기 때문이었다.

어쨌든 그런 이유로 칼스타인은 애초에 돈으로 그들을 움직일 생각을 하지 않았다. 그렇다면 남는 것은 하나, 돈이 아닌 물건이었다. 태생적으로 연구를 목적으로 하는 마법사는 분명 구하는 물품이 있을 것이고 칼스타인은 그것을 구해 거래를 할 생각이었다.

"음…. 일리있는 생각이군. 다만, 나 역시 세븐메이지나 다섯 날개와는 큰 인연은 없다네. 그저 몇몇의 얼굴 정도만 알 뿐이지. 다만, 길드차원에서 백탑과 거래를 하고 있으니 일단 거래선을 통해서 세븐메이지들 중에서 한명이라도 연락할 수 있는지 확인해보겠네. 아니면 그들과 거래할 수 있는 지라도 알아보도록 하지."

"감사합니다. 회장님."

일단 칼스타인은 완벽하지는 않지만 자신이 원하는 대답을 들었다 생각하고 감사의 인사를 하였는데 갑자기 옆에 있던 제성도가 둘의 대화에 끼어들었다.

"아버지. 어차피 백탑의 마법사가 지금 조사를 위해서 들어와 있는데 그를 통해서 전언을 보내면 되지 않겠습니까?"

"백탑의 마법사? 아. 그렇군. 황종호 사건 때문에 백탑에 의뢰를 했었지."

뜻밖의 이름인 황종호가 언급되자 칼스타인은 제성도에게 의아한 표정으로 물었다.

"황종호 사건이라면…."

"음… 아직 결과가 나오지 않은 상태에서 공개할 사안은 아니네만, 뭐 큰 비밀이라 할 만한 일도 아니니…."

제성도는 칼스타인에게 황종호 사건에 대해서 간략하게 설명하여 주었다. 사내에 있던 황종호가 갑작스럽게 공간이동 마법주문서를 사용해서 사라진 뒤 실종되어버린 사건에 대한 이야기였다.

다른 사람은 몰라도 칼스타인은 그가 실종이 아닌 사망했다는 것을 너무도 잘 알고 있었다. 그도 그럴 것이 칼스타인이 그를 직접 해치웠기 때문이었다.

어쨌든 제천길드에서는 회사 내부에서 공간이동 마법이 발현된 뒤로 회사의 간부라 할 수 있는 사람이 실종되었기에 그 전말을 조사할 필요가 있었다.

그래서 원래 거래를 하고 있던 백탑에 조사를 의뢰하였고, 백탑에서는 제천의 의뢰에 따라 두 명의 마법사를 조사원으로 한국에 보내온 것이었다.

"그렇군요. 그런데 제가 듣기로는 공간이동은 이동좌표의 흔적이 남는다고 하던데 그것만 확인하면 되는 것 아닌가요?"

"보통은 그렇네만. 황종호가 사용했던 공간이동은 이동좌표를 알아볼 수 없도록 노이즈처리가 되어 있었다네. 그래서 그가 스스로 움직인 것이 아니라 내부에서 납치가 되었을 수도 있다는 의심마저 하고 있네."

노이즈처리는 이동할 곳의 좌표를 감추는 기술로 그기술이 첨부된 공간이동 주문서는 보통의 그것보다 월등히 비싼 가격을 가지고 있었다.

그렇기 때문에 설령 황종호가 사내에서 공간이동을 하더라도 일반적으로 자신의 이동지를 숨길 필요까진 없다고 판단한 제천의 수뇌부는 납치의 가능성도 배제하지는 않고 있었다.

"혹시 조사는 어디까지 진행되었습니까?"

아직 칼스타인에게 화살이 돌아오지 않은 것으로 보아 공간이동좌표의 노이즈를 풀어내지는 못한 것 같았다.

하지만 언제 노이즈가 풀려 칼스타인이 수사선에 오를지는 알 수 없었기에 수사의 경과를 물어보았다.

"음. 마법사들의 말에 따르면 꽤나 높은 수준의 노이즈라 자신들의 능력으로는 힘들다고 하더군. 마스터 급이라 할 수 있는 7서클 마법사가 와야 한다고 하는데, 이런 일로 그 정도 마법사가 오겠나? 일단 요청만 해둔 상태네."

여기까지 들은 칼스타인은 잠시 생각에 잠겼다. 처음 제성도가 황종호 사건을 언급할 때만하더라도 사건의 전말을 밝히고 자신이 정당방위였음을 알리려 하였지만, 굳이 지금 그 사실을 언급하여 결백을 주장한다면, 삼개월간 침묵을 지킨 것이 되려 이상하게 되어버릴 수도 있었다.

수뇌부의 호의를 얻어 7서클 마스터와 접촉할 방법을 얻은 지금의 시점에서 수뇌부의 의심을 살 필요는 없었다.

그리고 제성도의 말을 들어보니 어차피 지금 당장 칼스타인이 드러날 일도 없을 것 같았기에 일단 칼스타인은 사건에 대해서 언급하지 않기로 마음을 먹었다.

'어차피 마스터에만 오르면 구구절절한 변명 따윈 필요 없겠지. 이곳 역시 힘의 논리로 돌아가는 세상이니 말이야… 마스터에 빨리 올라야 하는 이유가 하나 더 늘었군.'

황종호를 해치운 것은 정당방위였지만, 제천의 수뇌부에서 문제를 삼고자 한다면 얼마든지 문제시 할 수 있었다.

하지만 그가 마스터에만 오른다면 모든 문제는 해결될 것이었다. 이런 일로 제천의 수뇌부가 마스터 급의 강자를 놓칠 리도 없겠지만, 설령 무력을 사용해야 되는 일이 벌어지더라도 충분히 해결할 수 있을 것이었다.

칼스타인이 생각을 하는 동안 제성도와 제극명은 대화를 이어갔다.

"어쨌든 지금 조사원으로 온 두 마법사 중 프레디는 5서클 마법사이기는 하나 세븐메이지 아클레르의 제자라고 알려져 있습니다. 그를 통해서 아클레르에게 바로 이야기를 전할 수 있지 않을까요?"

"흠. 그것도 좋은 생각이군. 아클레르라면 세븐메이지 중에서도 치료에 특화되어 있는 마법사니 오히려 더 좋을지도 모르겠어. 그럼 조만간 프레디와 만남을 주선해봐."

"알겠습니다. 아버지."

제성도와 대화를 끝낸 제극명은 이번엔 칼스타인에게 말을 건넸다.

"수혁군. 어쩌면 자네의 요청을 더 빨리 들어줄 수도 있을 것 같군."

"네. 저도 들었습니다. 다시 한 번 감사드립니다."

"감사는 무슨…. 아. 감사하다면 나중에 마스터가 되고 나면 우리 제천을 떠나지나 말게나. 하하하."

제극명은 이 정도 일로 칼스타인에게 빚을 지워둘 수 있어서 만족한 표정으로 큰 웃음을 터트렸고, 제성도 역시 빙그레 미소를 지었다.

이후 소소한 이야기들이 더 오간 후 식사 및 면담은 모두 마쳤다. 식당 앞에서 만족스러운 표정으로 한 번 더 악수를 나눈 뒤 일행은 헤어졌는데, 칼스타인이 자리를 떠나는 것을 본 뒤 제극명은 표정을 굳히고 제성도에게 물었다.

"어떠냐?"

"분위기를 보아하니 황종호가 우리를 언급하지는 않은 것 같습니다."

"그나마 다행이군. 하긴 우리를 팔았다면 그 놈의 가족 또한 무사하지 못했을 테니 당연한 결과인가?"

제극명과 제성도는 황종호의 죽음에 대해서, 아니 황종호가 벌인 사건에 대해서 이미 다 알고 있었다. 다만, 황종호가 칼스타인을 습격한 것은 수뇌부의 지시로 이루어진 것은 아니었다. 순전히 황종호 개인의 욕심 때문이었다.

하지만 칼스타인에게 기폭충을 넣도록 한 것은 제성도의 지시였기 때문에 황종호가 그것을 언급했다면 칼스타인과 제천은 함께 할 수 없는 상황이 되었을 것이었다.

"어쨌든 황종호 이 멍청한 자식. 잘 보고 판단했어야지 이런 인재를 희귀 등급 아티팩트에 처리하려 했다니… 차라리 저 자에게 당해서 죽은 것이 다행이라 할 수 있겠어."

"그러게 말입니다. 저 정도 능력이면 최소 영웅 등급의 아티팩트는 확보하여야 수지가 맞을 텐데 말입니다."

"A급 헌터일 때가 영웅 등급이지 만일 저 놈이 마스터에 오른 후 마스터스 리그에서 잘 사용한다면 어쩌면 전설 등급의 아티팩트까지 노릴 수 있을지도 모르지."

"그럴 수도 있겠지요."

마스터스 리그는 조금 전 칼스타인과의 대화에서도 나왔던 이름이었다. 그 때는 제극명의 말을 막았지만 지금은 둘 밖에 없었기에 대화는 자연스럽게 이어졌다.

"흠… 어쨌든 마스터스 리그까지 마스터로 만들어야 쓸 수 있을 텐데. 협회에서는 언제쯤 이번 마스터스 리그가 열릴 것으로 추정하고 있더냐?"

"저번의 주기로 보아 2년 정도의 시간은 있다고 보고 있습니다."

주기를 언급하는 제성도의 말에 제극명은 어이없다는 표정으로 그의 말에 반문하였다.

"주기? 어차피 마스터스 리그가 주기를 맞춰서 벌어지는 것은 아니지 않느냐."

"그렇기는 하지만, 아직 홀 브레이크 같은 전조가 본격적으로 나타나지는 않았으니 최소 1년 정도의 시간은 있을 것으로 보입니다."

"1년이라… 1년이면 이번 마스터스 리그에서 쓰긴 힘들 것 같군. 최소 5년은 잡아야 마스터가 될 수 있을 것 같으니 차기 리그에서나 쓴다고 생각해야겠는데…."

"아무래도 그럴 것 같습니다."

그 말을 끝으로 잠깐 생각을 정리하던 제극명은 이내 다시 제성도에게 말을 건넸다.

"어쨌든 마스터에 오를 가능성이 큰 놈이니 잘 키워봐. 음… S급 몬스터 홀의 사냥에도 넣어보는 것도 좋겠군. S급 헌터의 위력을 보면 우리 제의를 받아들이려고 하지 않을까?"

"알겠습니다. S급 몬스터 홀이 발견되거나 도움의 요청이 오면 강제 동원권을 사용해서라도 우선적으로 배치하도록 하겠습니다."

"그래, 그래. 대신 너무 강압적이거나 고압적으로 하진 마. 괜히 적대감을 심어줘서 나중에 현성 같은 곳에 뺏길 수도 있으니 말이야."

"네, 최대한 우호적인 분위기에서 진행하도록 하겠습니다. 그리고 어차피 모친의 회복에만 큰 도움을 줄 수 있다면 길드에서 이탈할 가능성은 낮을 것 같습니다. 어쨌든 아버지 말씀대로 추진하겠습니다."

제극명은 제성도의 대답이 만족스러웠는지 칼스타인

에 대한 이야기를 정리하고 다른 이야기를 꺼내었다.

"그래, 그건 그렇고 용재와 용희의 성취는 어디까지 올라왔더냐?"

"아직 AB급에 그치고 있습니다. 제가 할 때는 몰랐는데 막상 가르쳐보니 생각보다 AA급의 벽이 높네요."

조금 전 제극명이 이야기 했듯이 제천에서는 싹수가 보이는 몇몇의 A급 헌터들을 전략적으로 키우고 있었다. 바로 용재와 용희라는 헌터들이 그렇게 키우는 제천의 대표적인 유망주 들이었다.

"아직 서른도 안 된 어린 애들이니 뭐 늦은 건 아니지. 어쨌든 그 녀석들도 이번 마스터스 리그에서 쓰긴 힘들 겠구만. 그리고 보면 지금 이수혁이가 대단하긴 대단하단 말이야. 마나 반응 속도나 사냥 영상을 보니 최소 AA 이상으로 보이던데…."

"그렇지요. 아티팩트의 도움을 얻었다고 하지만 그 정도 샤이닝 소드를 보이는 것을 보면 AS급이라 해도 과언이 아닐 것 같습니다."

마스터의 경지에 있는 제극명이라 칼스타인 보여준 능력을 나름 정확하게 읽어내고 있었다. 물론 칼스타인은 훨씬 더 높은 경지의 모습을 보여줄 수 있었지만, 딱 AA 정도로 보일 능력 정도만 보여주었기 때문에 그의 판단은 정확하다 할 수 있었다.

"아. 뇌전마녀의 신상은 파악했나?"

제극명은 갑자기 생각났다는 듯이 제성도에게 뇌전마녀에 관하여 물었는데 제성도는 약간 곤란한 표정을 지으며 대답했다.

"그게… 아직 파악하지 못했습니다. 다만, 속성력을 그렇게 유형화 시켜서 자유로이 사용할 수 있다는 것을 보면 마스터 급은 확실해 보입니다."

"그거야 영상으로만 봐도 당연히 알 수 있지 않느냐. 그런데 미네르바에 알아본다고 하지 않았나?"

"그랬습니다. 하지만 미네르바에서도 아직 그 뇌전마녀의 정체를 파악하지 못한 것 같았습니다."

미네르바에서도 모른다는 제성도의 대답에 제극명은 허탈한 표정으로 그에게 말했다.

"허… 그 미네르바에서도 알지 못한다면 아직 누구도 그 년의 정체를 알지 못한다는 말인데… 어쨌든 거기서도 모른다는 것은 다크소울이나, 블러디문 소속은 아니라는 말이군."

"아마 그럴 것 같습니다."

"흠…. 마스터스 리그가 열리기 전에 마스터 한 명은 더 있어야 좀 더 높은 등급을 받을 수 있을 테니 네가 직접 나서서라도 뇌전마녀의 포섭을 최우선으로 하거라. 아마 천무를 제외한 다른 5대 길드에서도 그리할 것이니 서둘러야 할 것이야."

"네, 알겠습니다. 아버지."

이계황제
헌터정복기

3장. 조우

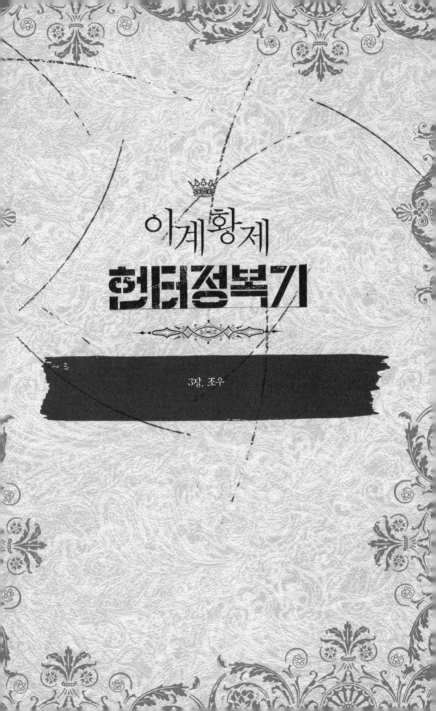

3장. 조우

300억에 달하는 집도 공짜로 얻고, 어머니의 치료방법 또한 구할 수 있는 길을 찾았지만, 차를 타고 가는 집으로 칼스타인의 표정은 그리 밝지만은 않았다.

'분명 뭔가 꿍꿍이가 있는 얼굴들이었어.'

마스터 급의 강자들 앞에서 삼목심안을 몰래 사용하긴 힘들었기에 그들이 어떤 감정을 갖고 있는지 정확하게 알 수는 없었지만, 헤스티아 대륙에서의 오랜 경험을 통해 그들의 겉모습과 그들이 내심이 다름을 어렵지 않게 짐작할 수 있었다.

하지만 이리저리 생각을 해봐도 결론은 하나였다.

'뭐. 일단 마스터에만 오르면 그 자들이 무슨 생각을 하던지 상관없겠지. 일단 페이스를 좀 더 끌어올려야겠어.'

지금 사냥 속도와 마나 회복 속도로 보아 칼스타인은 빠르면 1년 안에 마스터의 경지를 회복할 계획이었다.

하지만 제천의 수뇌부들이 다른 꿍꿍이를 가지고 있는 이상 칼스타인은 자신의 경지를 더 빨리 올려야겠다고 마음먹었다. 그의 생각대로 마스터만 되어도 웬만한 상황에는 다 대처할 수 있을 것이기 때문이었다.

그렇게 마음을 먹은 칼스타인은 어디론가 전화를 걸었다.

띠리리리~ 띠리리리~

[수혁씨, 무슨 일이에요?]

"선주씨, 몬스터에게서 나오는 마정석을 제외한 몬스터의 사체는 모두 양도할 테니 A급 몬스터 홀 좀 더 많이 찾아 줄 수 있겠습니까"

칼스타인이 통화를 하는 곳은 성호상회의 최선주였다. 지금껏 칼스타인은 몬스터 사체 지분의 일부와 그 사체를 독점으로 성호상회와 매매하는 조건으로 그녀에게서 몬스터 홀에 대한 정보를 얻고 있었다.

하지만 지금 칼스타인은 마정석을 제외한 몬스터 사체 권리 전부를 성호상회에 넘기는 대가로 몬스터 홀에 대한 정보를 추가로 구하고 있는 것이었다.

오늘 제극명과의 사건 이후 더욱 더 마스터가 될 필요를 느낀 칼스타인은 자신이 활용할 수 있는 모든 수단을 이용해서 마나의 회복에 전력을 다 할 생각이었다.

또한 집마저 제천으로부터 얻은 이상 당분간 몫 돈은 필요 없는 상황이었기에 수입을 포기하고라도 몬스터 홀에 대한 정보를 얻으려 하였다.

하지만 최선주의 대답은 약간 떨떠름하였다.

[음… 저희야 좀 더 많은 수익을 올릴 수 있으니 좋기는 하지만… 괜찮으시겠어요? 지난 두 달간 우리가 제공한 몬스터 홀만 여섯 번이고, 그 기간 동안에도 길드에서 제공하는 몬스터 홀을 몇 개나 처리했다고 하셨는데 말이에요. 지금도 상당히 무리하는 페이스 아닐까요? 여기서 더 하시다가 마나 폭주라도 일어나면 어쩌시려구요.]

보통 A급 헌터는 한 달에 한 번 정도의 몬스터 홀 사냥에 나선다. 사람에 따라 다르긴 하지만 한 달에 세 번을 넘기는 경우는 매우 적었다.

그 이유는 신체, 정신적인 피로감도 있었지만, 가장 큰 이유는 몬스터 홀에서 받아들이는 마나를 안정화 시킬 필요가 있었기 때문이었다.

C급 이하의 낮은 등급에서는 몬스터 홀 안의 마나 농도가 그리 짙지 않아서 별도의 안정화 기간은 필요 없었는데, B급을 넘어 A급 정도의 몬스터 홀에서는 사냥을 끝내고 나면 몬스터 홀에서의 받아들인 마나를 안정화 시키는 데 적지 않은 시간이 필요하였다.

헌터 개개인이 가진 재능이나 마나심법, 의지력에 따라 안정화 시키는데 걸리는 시간은 달랐지만, 일정 이상의 시간은 반드시 필요하였다.

다만, 무슨 이유인지 몬스터 홀 내부에서는 며칠 아니 몇 주가 지나도 마나의 불안정화는 나타나지 않았다.

하지만, 지구로 돌아오면 억눌렸던 물꼬가 터지듯 마나가 불안정해지는데, 홀에서 있었던 기간이 길면 길수록 마나 불안정성의 정도 또한 더 커졌다. 결국 마나 안정을 위한 수련을 피할 수 없다는 이야기였다.

그렇기 때문에 최선주의 우려도 과한 것은 아니었다. 지금 현재 칼스타인의 사냥 페이스만 해도 평범한 헌터보다 월등히 빨랐는데, 더 빠른 사냥을 한다면 불안정한 마나가 폭주로 이어 질 것이라는 우려는 어쩌면 당연한 것이었다.

"괜찮습니다. 감당할 만하니 요청하는 겁니다."

칼스타인 역시 폭주에 대한 우려는 알고 있었으나, 그에게는 마나 안정화의 시간 따위는 필요가 없었다.

이미 지금 그가 가진 마나의 수백, 수천배가 넘는 마나를 다룬 경험이 있는 칼스타인은 너무도 자연스럽게 추가적인 마나를 받아들이고 그의 내부에 안착시킬 수 있었기 때문이었다. 그래서 이런 빠른 페이스의 사냥도 가능한 것이었다.

[…알겠어요. 일단 자청하셔서 우리 상회의 수익을 더 올려주신다고 하는데 거절할 명분이 없네요. 대신 저희가 안전을 위해서 몇 가지 아티팩트들을 빌려드릴 게요.]

"뭐 그거까진 거절하지 않지요."

[아. 그리고 전에 말씀하셨던 보호 아티팩트도 구했어요. 찾으러 오시겠어요?]

칼스타인은 박정아의 안전을 위해서 성호상회에 두 가지 아티팩트의 구매대행을 요청해 놓은 상태였다.

바로 갑작스러운 공격이나 충격에서 보호할 수 있는 아티팩트와 일정한 조건이 달성이 되면 사전에 설정한 곳으로 이동시켜주는 공간마법이 전개되는 아티팩트였다.

"가격이 어떻게 되나요?"

[충격에서 보호하는 기능이 있는 아티팩트인 업솔브링은 고급 등급의 아티팩트로 50억원이고, 조건이 달성되면 공간이동을 시켜주는 이베이전 목걸이는 희귀 등급으로 200억원이에요. 대금은 어떻게 지급하시겠어요?]

"목걸이가 생각보다 비싸군요."

[말씀드렸잖아요. 공간이동 관련한 아티팩트는 희귀 이하로는 없다구요. 그래서 차라리 일회성이지만 공간이동 스크롤을 사는 것이 더 싸게 치일 것이라고도 말했구요.]

실제로 최선주는 공간이동 목걸이는 그리 추천하지 않았다. 자유롭게 사용하지도 못하고 고작 설정된 곳으로 가는 주제에 비싸기는 무지 비쌌기 때문이었다.

그래서 고정 좌표를 설정해 둔 스크롤을 사용하는 것이 가격대비 효율성이 훨씬 낫다고 이야기 하였다.

하지만, 지금 이 아티팩트를 사용할 사람은 칼스타인이 아닌 그의 어머니 박정아였다. 어차피 긴급 상황에 대비하기 위해서 아티팩트를 사주려는 것인데, 이능과는 무관한 그녀가 긴급 상황에서 스크롤을 제대로 사용할 것이라는 보장은 없었다.

"알겠습니다. 물품을 받고 나면 전에 거래했던 계좌로 송금해드리겠습니다. 지금 바로 찾으러 가겠습니다."

[호호호. 그래요. 이런 거래는 언제나 환영이니 또 찾아주세요.]

전화를 끊은 칼스타인은 집으로 향하던 자신의 차량을 신촌의 성호상회로 돌렸다.

'흠…. 저 아티팩트라면 어머니의 안전도 어느 정도 보장이 될 것이니 두 번째 계획을 시작해도 되겠군.'

그런 생각을 하며 차량을 몰고 가는 칼스타인은 갑자기 단전의 마나가 확 줄어드는 것이 느껴졌다.

이런 현상이 벌어지는 이유는 단 하나뿐이었다. 바로 셀리나가 칼스타인의 마나를 빌어 이능을 행사한 것이었다.

상황을 알아보기 위해서 칼스타인은 바로 그녀에게 심어를 보냈다. 심령이 연결된 소환자와 소환수는 서로 간의 의지를 전할 수 있었다. 물론 환수가 이성을 갖고 있을 때의 이야기였다.

[셀리나! 무슨 일이야? 이 정도 마나를 사용할 놈들이 있었어?]

[아. 이번에는 A급 능력자들도 있어서 힘 좀 썼어요.]

[어디 놈들인데?]

[신촌 쪽에 있는 블랙쉐도우라는 애들인데 나름 A급 헌터가 세 명이나 있네요. 다 처리했으니까 걱정 마세요.]

[A급이면 영혼 수확기의 게이지도 꽤나 올랐겠는데?]

[네. 다 합쳐서 3,852포인트네요. 호호호. 엘리니크님이 좋아 하겠는데요?]

한 달 전 엘리니크는 칼스타인에게 자신의 연구 결과를 알려주었다. 그것은 칼스타인의 영혼이동과 셀리나의 차원이동에 관한 원리를 토대로 하여 주큠족의 영혼술사의 기술, 파르찬족의 영혼결합술, 쿠레아족의 영혼소환술, 디케틀족의 영혼저장술 등을 총괄적으로 조합한 엘리니크만의 독창적인 영혼소모 소환술이었다.

사실 엘리니크가 만들기는 하였지만 이 영혼소모 소환술은 칼스타인만 사용할 수 있는 기술이었다. 어차피 칼스타인을 염두에 두고 만들었기에 논리와 이성을 중시하는 마법이라기 보다는 직관과 감각을 중점으로 두는 술법에 가까운 방법이었다.

엘리니크가 처음 이 방법을 착안하게 된 것은 셀리나의 케이스를 통해서 양 차원의 마나가 달라 마나를 베이스로

한 기술은 의미가 없다는 것을 확인한 것부터 시작하였다.

동시에 헤스티아 대륙에서 셀리나를 소환하는 것은 무척 힘들지만 헤스티아 대륙에서 그녀를 소환 해제하여 돌려보내는 것은 그녀의 근원이 지구의 환계에 있기에 무척 쉽다는 것을 파악하였다.

또한 무슨 이유인지는 아직 모르지만 칼스타인의 영혼은 자유자재로 양 차원을 오갈 수 있고, 칼스타인의 영혼에 종속된 것들은 그가 부를 수 있다는 것 또한 여러 번의 경험을 통해서 알 수 있었다.

이런 상황들을 보았을 때 이동의 핵심은 영혼이었다. 즉, 마나가 아닌 영혼의 힘을 이용하여야 물건이든 사람이든 이동이 가능하다는 의미였다.

이후 여러 가지 조건들을 토대로 엘리니크는 헤스티아 대륙에 있는 각종 영혼과 관련된 기술을 모아서 재조합하여 칼스타인만이 사용가능한 독특한 기술을 하나 만들 수 있었다.

그것은 바로 영혼소모 소환술로 영혼을 소모하여 양차원의 물건을 옮길 수 있는 기술이었다.

이 영혼소모 소환술의 세부 술식과 구현방법은 매우 복잡하였지만, 그 원리 자체는 간단하였다.

먼저 헤스티아 차원에서 타인의 영혼을 포획하여 디케틀족의 영혼저장술을 이용하여 그 영혼에 옮길 물건을 담고, 파르찬족의 영혼결합술을 이용하여 그 영혼을 칼스타인의 영혼과 결합을 하는 것이 첫 번째 단계였다.

그리고 두 번째 단계는 지구에서 또 다른 영혼을 포획하고 칼스타인의 영혼과 결합한 후 헤스티아 대륙의 영혼에 담긴 것을 지구의 영혼으로 옮기는 것이었다.

마지막 세 번째 단계는 주쿰족의 영혼술사의 기술을 이용하여 결합된 지구의 영혼을 소멸시켜 버리는 것이었다. 그러면 영혼에 담겨있던 물건을 얻을 수 있게 되는 방법이었다.

물론 같은 방식으로 지구에서 헤스티아 대륙으로 물건을 옮기는 것도 가능하였다.

사실 영혼과 영혼의 결합은 파르찬족에서도 매우 위험하게 취급되며 극히 드문 경우에만 사용되는 것이었다. 영혼이 결합되며 영혼의 힘이 강력해지는 것은 맞았지만 두 영혼이 섞이면서 어떠한 영혼이 태어날지 전혀 알 수 없었기 때문이었다.

영혼이 결합된다는 것은 육체의 결합과 마찬가지로 서로

맞지 않는 영혼의 경우에는 두 영혼 모두 소멸해 버릴 가능성, 즉, 실패할 가능성이 더 컸다. 그래서 파르찬 족에서도 한 배에서 태어난 쌍둥이 중 한 명이 죽어간다던가, 부모 자식 간에서 한쪽이 죽는 경우를 제외하고는 거의 사용되지 않는 기술이었다.

또한 결합된 영혼을 다시 떼어내는 것은 더 큰 문제였다. 무슨 이유로든 영혼에 상처가 나면 대부분 정신병과 같은 정신에 문제가 생기곤 하였다.

약간의 상처에도 그런데 이미 결합된 영혼을 떼어낸다는 것은 보통 사람이라면 미쳐버리거나 극도의 고통에 목숨을 버리고 말 정도로 큰일이었다.

하지만 칼스타인은 거대하고 단련된 영혼을 지닌 홀로 오롯이 선 완성자였다. 그것은 다른 영혼과 결합이 된다 하더라도 그 영혼을 자신의 영혼과 구분지어 별도로 관리할 수 있다는 의미였다.

그런 만큼 자신의 영혼이 아닌 영혼을 붙이고 떼어내어 소멸시킨다고 해도 그 스스로에게는 아무런 문제가 없었다.

약간의 상처나 고통은 느낄 수 있겠지만, 그 정도로는 칼스타인에게 영향력을 발휘할 정도가 아니라는 이야기였다.

그렇기 때문에 엘리니크는 이 프로젝트를 시도할 수 있었다. 비록 9서클 대마법사인 엘리니크 자신 역시 사용할 수가 없는 기술이었지만, 라이트 소더인 칼스타인은 할 수가 있었기 때문이었다.

문제는 영혼을 얻는 방법이었다. 헤스티아 대륙에서야 악질적인 범죄자나 전쟁포로 등 칼스타인이 명령만 하면 얼마든지 많은 영혼들을 얻을 수 있었지만, 지구에서는 할 수 없었다.

그렇다고 헤스티아 대륙에서 물건을 옮기자고 무차별적인 살인을 할 수도 없는 노릇이었다. 아직 힘이 갖추어지지 않은 상태에서 무차별적인 살인을 하다가는 세상을 지배하는 강자들에게 칼스타인이 먼저 당할 수도 있기 때문이었다.

더군다나 무차별적인 살인은 의미가 없었다. 한쪽 성향에 맞는 영혼을 모아야 의미가 있었기 때문이었다.

엘리니크가 만든 영혼소모 소환술로 옮길 수 물건은 영혼의 크기에 비례하였는데, 많은 마나를 품고 있는 물건일수록 옮기는데 더 큰 영혼이 필요하였다.

그러나 보통 일반인의 영혼에는 바늘 하나도 담기 힘들었고, 하급 능력자 정도의 영혼은 되어야 마나 하나 담기지 않은 조그만 반지 정도라도 옮길 수 있었다.

이것은 그 영혼의 자체 의지로 물건을 영혼에 담는 것이 아니라 강제로 그 영혼에 물건을 담다보니 생기는 일이었다.

물론 마나 능력과 영혼의 힘은 완전히 비례하는 것은 아니었다. 하지만 보통 능력자들은 자신의 의지로 마나를 다루는 연습을 하며 영혼의 힘 또한 커지는 경우가 많았기 때문에 능력자일수록 영혼의 힘이 큰 것은 사실이었다.

어쨌든 그러다보니 결국 여러 영혼을 결합하여 큰 영혼을 만들어야 쓸모 있는 물건을 담을 수 있었다.

영혼의 결합 자체는 일일이 할 필요가 없었다. 엘리니크는 영혼수확기라는 술법을 개발하여 칼스타인에게 알려주었고 영혼수확기로 영혼을 거두면 알아서 영혼이 결합되어 그 영혼을 바탕으로 나중에 더 큰 마나가 담긴 물건까지 옮길 수 있는 것이었다.

문제는 성향이 다른 영혼은 결합해 봤자 영혼이 커지기는커녕 부서지면서 더 작은 영혼으로 변해버린다는 것이었다.

이 때문에 무차별적인 영혼 수확은 의미가 없었고, 악인의 영혼을 모으려면 악인만, 선인의 영혼을 모으려면 선인만 모아야 했다.

그리고 칼스타인은 그의 성향 상 선인을 처리하여 영혼을 모으는 것보다 악인을 처리하는 것이 낫다고 판단하였다.

필요하다면 선인을 해치우는 것을 망설일 칼스타인은 아니었지만, 만일 선량한 사람들을 대량으로 살해하다보면 이 세계에서 운신하기 힘들어질 것이라는 현실적인 부분도 그 판단을 거들었다.

결론적으로 헤스티아 대륙에서 물건을 옮기기 위해서는 지구에서 영혼을 거둘 악인만 찾으면 된다는 이야기였다. 그리고 칼스타인은 그 작업을 시작할 곳을 알고 있었다.

몇 달 전 칼스타인은 자신을 습격했던 레드스컬의 우두머리들을 해치우면서 그들의 아지트를 들은 바가 있었다. 바로 그들이 칼스타인이 영혼수확기를 가동한 첫 번째 장소였다.

물론 칼스타인은 자신의 정체를 드러낼 생각은 없었다. 아직 스스로의 힘이 충분히 갖추어지지 않았기 때문에 마스터 급 이상의 강적들이 찾아온다면 확실히 이긴다는 보장이 없었기 때문이었다.

그래서 애초에 등장할 때부터 복면을 쓰고 마나파장까지 바꾸어 놓고 등장 했었고, 셀리나 역시 평소와는 다른 외모와 다른 마나파장으로 바꾸어 놓았기에 그녀 역시 정체가 들킬 일은 없었다.

그렇게 첫 번째 악당들을 처치하고 칼스타인은 512포인트의 영혼 포인트를 얻을 수 있었다.

영혼 포인트는 엘리니크가 시스템의 카르마 포인트에서 착안한 것으로 카르마포인트와 마찬가지로 수확하여 결합한 영혼의 크기를 직관적으로 알아보게 하기 위해 영혼수확기에 숫자 게이지를 달아놓은 것이었다.

이후 칼스타인은 셀리나에게 지시하여 서울 시내에 있는 다크클랜들을 처리하며 악인들의 영혼을 모을 것을 지시하였다.

셀리나 역시 칼스타인과 영혼이 통하는 관계였기에 그녀가 영혼수확기로 모은 영혼을 칼스타인이 건네 받을 수 있었기 때문이었다.

그 동안 칼스타인 자신은 A급 몬스터 홀을 돌면서 그 스스로의 경지를 올리고 있었던 것이었다.

[그렇군. 그럼 지금 내가 가진 것과 합치면 51,029 포인트네. 드디어 5만 포인트를 넘겼군.]

[엘리니크님이 많이 좋아하겠네요. 5만 포인트만 넘기를 기다렸잖아요.]

[그래. 그런데… 음….]

셀리나가 기뻐하는 목소리로 말하는 것과는 달리 칼스
타인의 반응은 그리 좋지 않았다. 그런 칼스타인의 반응
에 의아한 목소리로 셀리나가 그에게 되물었다.

[왜 그래요, 오빠?]

[지금까지 만난 가장 강한 능력자들이 A급이지?]

[네, 뭐 세부 등급을 볼 수 있는 것은 아니지만, 일단
마스터 급의 능력자는 없었어요.]

A급과 B급의 차이는 겉으로 보아서는 알기 힘들지만
S급과 A급의 차이는 너무도 명백하였다. S급 즉, 마스터
가 되면 유형화된 마나를 사용할 수 있었기에 잘 모르는
사람이 보아도 S급인 것을 알 수 있기 때문이었다.

[지금쯤이면 나타낼 때가 되었는데….]

[누가 나타나요?]

[네가 처리한 자들의 배후 말이야.]

지금껏 셀리나는 벌써 십수개가 넘는 다크클랜들을 처
리하였다. 그 중에서는 소규모의 다크클랜도 있었지만,
나름 규모가 있는 곳도 있었다.

그리고 칼스타인은 그런 곳에는 상항 그들의 뒤를 봐
주는 배후가 있다는 것을 이미 알고 있었다.

헤스티아 제국에서도 이런 조직들의 뒤에는 더 큰 조
직이나 권력자가 뒤를 받치고 있었고, 에르하임 제국에

서는 칼스타인의 직속 수하가 그런 조직 중의 하나를 관리하고 있기도 하였으니 모를 리가 없었다.

[배후라면 몇 번 나오지 않았어요?]

실제로 셀리나는 다크클랜들을 처리하다가 그들의 배후 격인 헌터들을 만나거나 자신을 포섭하려는 능력자들을 몇 번 본적이 있었다.

하지만 이런 조직을 운영하는 그들의 성향이야 뻔했기 때문에 칼스타인의 지시에 의해서 모두 처리해 버린 상태였다. 어차피 변조된 외모와 마나파장으로 한 행동이기에 거리낄 것은 없었다.

[그런 잔챙이들 말고 제대로 된 녀석들 말이지. 어차피 지금쯤은 네가 마스터 급의 능력을 발휘하는 것을 알고 있을 테니, 제대로 된 녀석을 보낸다면 그 자 역시 마스터의 능력을 갖고 있는 자겠지.]

[아….]

[어쨌든 처음 말한 것 잊지 마라, 셀리나. 마스터 급의 강자가 온다면 정면 대결을 하지 말고 내게 심어를 보내. 바로 역소환 할 테니 말이야.]

[네. 오빠.]

셀리나는 칼스타인의 말에 약간 불만족한 듯 어쩔 수 없이 그의 말을 따른 다는 식으로 다소 멈칫하며 대답하였다.

[내가 직접 싸운다면 모를까. 아직 A급에 불과한 부족한 상태의 내 마나를 빌려서 싸워야 하는 네가 싸운다면 패배할 확률이 90%이상이야. 본신으로 돌아가서 방심하는 틈을 노려 전력을 다해 전투 초반에 승부를 낸다면 모를까 조금이라고 전투가 길어진다면 필패다. 그러니 허튼 생각하지 말고 바로 심어를 보내.]

그녀의 그런 감정을 읽었는지 칼스타인은 한마디 더 덧붙여 말했다.

[알겠어요. 오빠.]

[음. 아니야. 어차피 최초 목표인 5만 포인트를 모았으니 일단 내가 마스터가 될 때까진 영혼 수확 작업은 잠정적으로 중단하는 것으로 하자.]

[네. 오…. 어? 한 명 더 나타났는데요?]

[누가?]

[빨간 옷을 입은 여잔데… 오빠, 잠시만요.]

❖

"드디어 만났네. 네가 뇌전마녀냐?"

양 손목에 빨간 팔찌를 하고 중국풍으로 길게 옆트임이 들어간 붉은 원피스를 입은 20대 중반의 미모의 여성이 재미있다는 표정으로 셀리나에게 말을 건넸다.

160센티미터 정도의 아담한 키로 보였는데 워낙 얼굴이 작아서, 몸매의 비율은 키 큰 모델 못지않았다. 다만, 작은 키에도 풍만한 가슴이 약간 언밸런스한 느낌을 주기도 하였다.

귀여움 속에 섹시함이 공존하는 것과 같은 느낌이었다.

하지만 그녀의 말투는 귀여운 그녀의 외모와는 다르게 오만하였다. 일방적으로 상대를 깔아보는 말투였다.

그런 그녀의 말에 셀리나는 칼스타인과의 심어를 멈추고 눈앞에 있는 여성에게 대답했다.

"뇌전마녀?"

"아직 네 별명도 모르나보네. 그렇다는 말은 아직 제대로 접근하여 대화를 나눈 조직이나 길드는 없다는 말인데."

셀리나는 모르고 있었지만, 지금 대형길드 사이에서는 번개를 자유로이 사용하는 셀리나를 뇌전마녀로 지칭하고 있었다.

다크클랜들을 처리하고 있음에도 마녀라는 이름이 붙은 것은 워낙 그녀의 손속이 사나웠기 때문이었다. 영혼 수확 때문에 그녀가 지나간 자리에는 생존자가 남지 않았기에 악인을 처치하고 있음에도 마녀라는 별칭이 붙은 것이었다.

어쨌든 많은 길드에서 마스터로 추정되는 뇌전마녀를 포섭하려 하였는데, 거친 그녀의 손속에 섣불리 그녀에게 다가가지 못하였다.

실제로 모 길드에서는 다크클랜과 싸우는 그녀를 포섭하려는 제안을 하러 왔던 헌터가 한패로 오인되어 목숨을 잃은 경우도 있었다.

그 사건 이후로는 그녀와 제대로 된 이야기를 나누기 위해서는 마스터 급이 나서야 한다는 말이 정설처럼 퍼진 상태였다.

"그러는 넌 누구야?"

셀리나가 파악하기에 지금 눈앞에 있는 빨간 원피스의 여성은 마스터가 분명하였다.

칼스타인의 지시에 의하면 그에게 심어를 보내어 자리를 피해야 하는 시점이었지만, 셀리나 역시 전설급의 환수로 호승심이 일었다. 그녀 역시 마스터 급을 대면한 것은 처음이기 때문에 마스터의 실력이 궁금하기도 하였다.

빨간 옷의 여성은 셀리나의 말이 재미있다는 듯 입을 가리고 웃다가 비웃는 듯한 말투로 그녀에게 말했다.

"호호호. 날 모르는 것 보니 어디 산 속에 처박혀서 수

런만 했나보네? 홍의신녀라고 하면 알려나? 뭐. 알만한 사람들은 날 화염마녀라고 부르기도 하더라."

붉은 원피스를 입은 그녀의 정체는 바로 홍의신녀 한설아였다. 하지만 지금 그녀는 통상적으로 그녀를 지칭하는 홍의신녀라는 호칭 이외에도 잘 알려지지 않은 화염마녀라는 호칭 역시 언급하였다.

"홍의신녀건 화염마녀건 왜 날 만나자고 하는 거지?"

"뭐, 길드 마스터가 이야기나 한 번 나눠보고 가능하다면 함께 일할 수 있는지 알아보라고 했는데…."

"했는데?"

"그건 길마 생각이고, 난 생각이 달라서 말이야."

이야기가 이어지면서 한설아의 몸 주위에서는 어느 샌가 붉은 불길이 타오르고 있었다. 한설아의 반응에 셀리나 역시 서서히 마나를 일으키며 그녀의 몸 주위에 번개를 일으키기 시작했다.

각각 화염마녀와 뇌전마녀라는 별칭답게 화염과 뇌전을 자연스럽게 불러온 것이었다.

"분위기를 보니 한 번 해보자는 거지?"

"긴 말이 필요 없어 좋네. 근데 그거 알아? 이 구역의 미친년은 바로 나야!"

화르르륵~!

한설아가 말을 끝냄과 동시에 그녀의 주위에서 화염폭풍이 몰아치더니 셀리나에게 뿜어져 나갔다. 마치 허리케인과 같은 형태의 화염폭풍이었다.

셀리나 역시 가만히 있지 않았다. 뇌전을 번쩍이며 허공으로 뛰어올라 화염 폭풍을 피해낸 그녀는 양 손을 마주잡고 양 검지 손가락을 세워 마치 총을 쏘는 것과 같은 모습으로 손가락에서 전격을 방출하였다.

파지지지직!

번개와 같은 엄청난 속도로 날아간 전격 공격이었지만, 마스터인 한설아는 그냥 맞아주지 않았다. 딱 반보를 옆으로 움직여 전격 공격을 피해낸 한설아는 이번에는 그 자리에 잔상(殘像)이 남을 정도로 빠르게 움직여 셀리나에게 공중에서 가위차기로 다리를 내뻗었다.

바로 화염익(火焰翼)의 일격이었다.

당연히 셀리나 역시 그 공격을 맞아주지 않았다. 몸을 젖혀 종이 한 장 차이로 한설아의 화염익을 피해냈는데 그 열기에 셀리나의 앞머리가 일부 타버리고 얼굴까지 화끈거렸다. 일반인이라면 심각한 화상을 입을 정도의 열기였다.

셀리나의 몸 역시 마나를 두르지 않고 있었다면 다소

피해를 입었을 것이지만, 이미 그녀의 온 몸은 그녀의 마나특성인 번개의 마나가 가득한 상태라 그 정도의 열기에 피해는 입지 않았다.

어쨌든 화염익을 피해난 셀리나는 엘리니크에게 배운 차르핀 격투술 중 가장 빠른 공격인 뇌전권으로 한설아의 옆구리를 노리고 정권(正拳)을 날렸다.

화염익을 펼치느라 자세가 무너진 한설아가 결코 피할 수 없을 일격이었다. 아니나 다를까 셀리나의 정권은 한설아의 옆구리를 정확히 때려냈는데, 셀리나가 느끼는 촉감은 신체를 때린 것이 아니라 마치 빗나간 일격과 같은 느낌을 받았다.

파앙!

셀리나가 가격한 한설아의 옆구리는 마치 불꽃 자체에 주먹을 날린 것처럼 붉은 화염과 함께 잠시 사라졌다가 그녀의 주먹이 통과한 뒤 다시 한설아의 몸으로 돌아왔다.

"후훗. 염화체(焰火體)를 예상하지 못했다면 넌 아직 뇌전체(雷電體)가 안 되나보네?"

자세가 흐트러진 셀리나에게 한 마디를 남긴 한설아는 불꽃을 두른 주먹으로 낙성일권(落星一拳)을 셀리나에게 날렸다.

콰앙!

이번에는 셀리나 역시 피하지 못하였다. 위에서 아래로 떨어지는 일격에 마치 폭탄이 터지는 듯한 소리와 함께 셀리나는 바닥에 처박히고 말았다.

당연히 기회를 잡은 한설아는 떨어진 셀리나를 그냥 보지 않았다.

"하압!"

양 손에 푸른 화염구를 발현한 그녀는 떨어진 셀리나를 향해서 화염구를 쏘아내기 시작했다.

쾅쾅쾅쾅쾅~

두 손의 화염구는 쏠 때마다 다시 생성되어 십수개의 화염구를 쏘아낸 뒤에야 그 공격을 멈추었다. 아니 멈춘 것이 아니라 더 큰 공격을 위해서 잠시 시간을 가진 것이었다.

화염구 공격을 멈춘 한설아는 양 손을 머리 위로 올린 뒤 지금까지 쏘아낸 화염구보다 몇 배는 큰 화염구를 생성시켜 바닥으로 던져버렸다.

이 공격이 마지막 공격이었는지 한설아는 더 이상의 화염구는 쏘아내지 않았다.

"역시 이야기는 꿇려 놓고 시작해야지."

마스터라면 지금의 공격에 충격은 받겠지만 목숨까지 잃지는 않을 것이라고 한설아는 판단하였다.

'뭐 죽어버리면 그것으로 끝인 거지. 그러게 누가 날 보내래?'

그렇게 회심의 미소 짓고 있던 한설아는 지금까지 느껴지던 셀리나의 기감이 갑자기 사라지자 의아한 표정을 지었다.

"응? 뭐지?"

분명 블링크는 아니었다. 지금 이 주위는 자신의 화염기(火焰氣)가 다 장악하고 있기에 블링크가 발현될 수 있는 곳이 아니었다. 당연히 안정적인 마나 상태를 유지해야 하는 공간이동은 더더욱 아니었다.

'새로운 종류의 공간이동 아티팩트인가? 흠… 근데 어디선가 보았던 것 같은 공간이동 방식인 것 같은데…. 어쨌든 이 화염기를 뚫고 발현되는 공간이동 아티팩트라면 최소 영웅 등급이상이겠군… 다음 번엔 이걸 염두하고 싸워야겠네. 호호호.'

그녀 자신과 셀리나가 뿜어낸 마나가 전장을 가득 메우고 있어 한설아는 셀리나가 사라진 것이 소환수의 해제인 것을 확실히 알아차리지는 못하였다. 다만, 익숙한 것 같다는 느낌은 받을 수 있었다.

어쨌든 조금 전 전투로 호전적인 성정을 그대로 보여준 한설아는 자신의 예상을 벗어난 뜻밖의 상황에도 전혀 당황하지 않고 다음 전투를 기약할 뿐이었다.

콰아아아앙!

그런 생각을 하는 그녀의 눈앞에 조금 전 그녀가 던진 커다란 화염구가 바닥에 떨어지며 엄청난 폭발이 일어났다.

불을 마음대로 다루는 한설아의 능력이라면 충분히 취소시킬 수도 있는 공격이었지만, 그녀의 말처럼 이 구역의 미친년인 한설아는 굳이 화염구를 사라지게 하지 않고 그대로 터트려 버린 것이었다.

그녀의 화염구에 주위 오십여미터 가까이가 폐허로 변해버렸고 곳곳에서 불타오르는 화광(火光)이 충천하였다.

그런 불꽃을 보고 미소를 짓는 붉은 원피스의 한설아의 모습을 보니 화염마녀라는 별칭이 왜 생겼는지 알 수 있게 하였다.

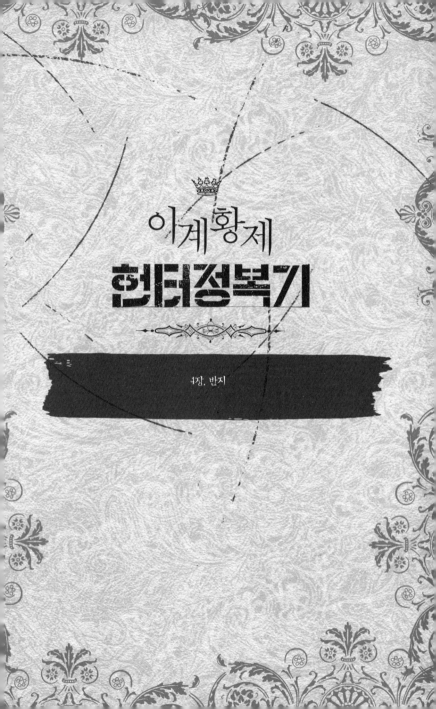

이계황제
헌터정복기

4장. 반지

4장. 반지

"아아악!"

셀리나는 비명을 지르면서 물질계로 현현(顯現)하였다. 다만, 지금 그녀가 나타난 곳은 지구가 아니라 헤스티아 대륙이었다.

그 말인 즉, 지금 그녀는 차원의 통로를 빠져나오느라 엄청난 충격을 받은 상태라는 말이었다.

어서 빨리 칼스타인이 지구의 마나로 변환한 마나를 주입하여야 셀리나는 빠른 회복을 할 수 있을 것이지만 칼스타인은 마나를 주입하는 대신에 냉정한 목소리로 그녀에게 말했다.

"셀리나. 내가 뭐라고 했지? 마스터를 만나면 피하라고 하지 않았나?"

지구에서라면 어리광이라도 부렸을 것이지만, 이곳에서는 그런 어리광은 전혀 받아들여지지 않았다. 그녀가 할 수 있는 것은 사죄 밖에 없었다.

"으윽…. 오… 오빠… 죄송해요… 저… 저도 모르게 호승심이 생겨서… 그만…."

"네가 한 짓 때문에 나 또한 거의 마나탈진에 빠질 뻔했다."

아무리 전설급의 환수라 하더라도 그녀의 본체는 썬더버드였다. 비록 엘리니크에게 인간의 몸으로도 전격의 마나를 이용하는 무술과 기술을 배우긴 하였지만 썬더버드로 있을 때가 훨씬 더 자유로운 마나 운용이 가능하였다.

즉, 지금 셀리나는 본신의 힘을 사용하지 못하고 있다는 의미였다. 더군다나 마나의 대부분은 칼스타인에게 의존해야 하는 지금의 상황으로 마스터의 경지에 있는 홍의신녀 한설아와 대적하기는 무리였다.

그런 상태에서 무리하게 한설아와 대적하다보니 결국 칼스타인에게서 정도 이상의 마나를 끌어와야 했었고, 칼스타인도 그녀가 헛되이 소멸되지 않게 하려하다보니 무리해서라도 마나를 보내줘야 했었다.

칼스타인이 셀리나의 위기를 느낀 것은 바로 한설아가 십수개의 화염구를 쏘아낼 때였는데, 당시 칼스타인은 셀리나를 보호하기 위해서 대량의 마나를 보내주는 동시에 바로 소환해제를 발동하였다.

무방비 상태라 할 수 있는 해제 중에 충격을 받으면 더 위험하기에 일단 최소한의 방어벽을 치고 해제가 될 수 있도록 대량의 마나를 보내 준 것이었다.

지구에서 칼스타인은 이미 맺어진 소환관계를 끊을 수 없었지만, 이 헤스티아 대륙에서의 칼스타인은 충분히 그럴 능력이 있었다.

그의 말처럼 필요에 의해서 맺은 소환관계였는데, 도리어 그것이 자신을 위험하게 한다면 굳이 이 소환관계를 유지할 필요가 없었다.

하지만 셀리나는 칼스타인과의 끈이 끊어져 버린다면 정적인 환계에 갇혀서 다시 오랫동안 누군가의 인연이 닿는 것을 기다릴 수밖에 없었다.

과거에는 일반 등급의 환수로 본능 밖에 없어서 그런 기다림의 고통은 몰랐지만, 지금은 전설 등급의 환수로 완전한 이성을 가지고 있었기에 기다림의 고통이 어떤 것인지 잘 알고 있었다. 그래서 그녀는 그것만은 피하고 싶었다.

"아… 아니에요… 오빠… 다… 다시는 이런 일이 없을 거에요. 한 번만 용서해주세요….."

거듭된 칼스타인의 질책에 셀리나는 마나반발로 인한 고통에 아프다는 표현도 못하고 그저 그에게 사과만을 할 뿐이었다.

그런 셀리나를 바라보며 칼스타인은 한참동안 말을 하지 않았다. 차원을 건너는 충격을 받은 셀리나는 지구의 마나까지 얻지 못해 실시간으로 약해지고 있었지만 칼스타인은 그런 그녀의 상태에 전혀 아랑곳 않고 가만히 그녀를 볼 뿐이었다.

나타난 이후로 줄곧 무릎을 꿇고 있던 셀리나가 결국 거듭된 충격과 마나고갈에 정신을 잃고 나서야 칼스타인은 자신의 마나를 지구의 마나로 변환하여 그녀에게 주입하였다.

그제야 핏기 없던 셀리나의 얼굴에 화색이 돌면서 한결 나아지는 모습을 보였는데, 충격이 워낙에 컸던 것인지 그녀는 바로 정신을 차리지는 못하였다.

셀리나에게 지속적인 마나 주입을 해주는 한편 칼스타인은 그녀에게 설치해 둔 영혼수확기를 회수하였다.

그녀와 이야기를 나눈 대로 셀리나가 가진 영혼수확기와 자신이 이미 갖고 있던 영혼수확기를 합치자 칼스타인이 가진 영혼수확기의 게이지는 51,029 포인트까지 올랐다.

포인트를 확인한 칼스타인은 끼고 있던 반지의 통신마법을 이용해서 엘리니크를 불렀다.

[엘리, 나야.]

[아. 폐하. 돌아오셨습니까?]

[그래, 연무장에 있으니 이리로 오도록 해. 아. 그리고 네가 만들어 준 영혼수확기에 드디어 5만 포인트를 채워 넣었어.]

[그렇습니까? 잘 되었군요. 그럼 제가 그 동안 새로이 술식을 구성해서 만든 마법기들도 함께 가져가도록 하겠습니다.]

[그렇게 해.]

엘리니크가 연무장으로 들어온 것은 칼스타인이 연락을 취한지 오분도 채 되지 않아서였다.

연무장에 들어온 엘리니크는 기절한 채 칼스타인의 마나를 받아들이고 있는 셀리나를 보고 들어오자마자 상황을 파악하였다.

"셀리나가 폐하의 말을 듣지 않았나 보네요."

"그래, 안 그래도 약해진 지구의 몸이 셀리나 때문에 위험을 겪을 뻔 했지."

그 말을 시작으로 칼스타인은 간단하게 셀리나가 한 행동에 대해서 엘리니크에게 알려주었다.

칼스타인의 말을 다 들은 엘리니크는 왼손으로 자신의 턱을 쓸어만지며 칼스타인에게 말을 건넸다.

"흐음… 그래서는 안 되지요. 이왕 이리로 부른 김에 제가 한 번 더 교육을 하도록 하겠습니다."

"교육이라…."

"사실 저번의 교육에서는 본신은 썬더버드이니 기본적인 전투법과 마스터를 모시는 방법 등에 관한 교육을 중점적으로 하였는데, 말씀을 들어보니 어차피 썬더버드로 활동하는 것보다 인간형의 몸으로 더 많은 시간을 보낸다면 기사나 무투가들이 사용하는 고급 검법과 체술을 제대로 익히도록 해야겠습니다. 시간만 주신다면 우리 왕국의 기사들과 본격적인 대련도 추진하지요."

엘리니크의 대답에 칼스타인 역시 고개를 끄덕이며 동의를 표현하였다.

"흠. 그게 좋겠군. 어차피 이런 사단이 벌어진 것도 자신의 주제도 모르고 호승심을 부리다가 일어난 일이니 제대로 된 마스터가 어떤 능력을 보이는지도 알아두면 좋겠군. 안 그래도 내가 직접 대련을 하며 가르치려고 했는데 잘됐군.

"하하하. 폐하께서 손쓰실 정도는 아니지요. 블레이즈 기사단장 페르마라면 셀리나의 버릇을 제대로 고쳐줄 수 있을 것입니다."

페르마가 언급되자 뭔가 생각났다는 듯 칼스타인은 엘리니크에게 물었다.

"아. 그런데 아직 벽에 도달한 녀석들은 없어? 레오 녀석 이후로는 아무런 소식이 없는데. 페르마도 아직 거기에 도달하지 못한 건가?"

"아마 본인들이 더 수련을 해보고 안 되면 폐하께 요청하겠지요. 한 번 시도하면 다시 돌아올 수 없는 것을 알고 있으니 말입니다."

"쯧쯧. 애들이 패기가 없어. 죽을 일도 없고 기껏해야 마나를 잃는 것인데 말이야."

칼스타인은 그가 라이트 소더에 오르기 전 그랜드마스터 때부터 수하 기사들의 수련을 도와주고 있었다.

물론 항상 그가 수하들을 도와주는 것은 아니었다. 칼스타인이 수하들의 수련을 도와줄 때에는 최상급 익스퍼트에서 마스터가 되는 벽에 막혔을 때, 마스터가 그랜드마스터가 되는 벽에 막혔을 때가 바로 그가 도와주는 시점이었다.

수하들로서는 이미 자신들보다 앞선 경지에 있는 칼스

타인이 나선다는 것만으로도 큰 도움이 되었는데, 문제는 칼스타인과의 수련은 모 아니면 도라는 것이었다.

칼스타인과의 수련은 그 결과가 벽을 넘는 것, 아니면 마나를 잃는 것 둘 중의 하나라는 것이었다.

그것도 처음에는 목숨까지 날려버렸는데, 엘리니크의 조언을 통해 목숨을 걸고 하는 것에서 마나를 걸고 하는 것으로 수위를 낮추었다.

그 이유는 칼스타인의 지론 때문이었다. 칼스타인은 벽을 넘기 위해서는 마치 병아리가 알에서 깨어 나오듯이 극도의 집중을 통해서 다른 세계를 열어야 한다고 주장하였는데 그런 집중력을 이끌어내기 위한 가장 좋은 방법이 목숨이 위협 받는 상황에 직면 하는 것이라고 생각하였다.

칼스타인 그 스스로가 죽음을 각오한 전장에서 마스터, 그리고 그랜드마스터의 깨달음을 얻었기에 그는 당연히 자신의 방식을 신봉하고 있었다.

사실 목숨을 거는 것에서 마나를 거는 것으로 그 수준을 낮추면 필사의 의지를 바탕으로 한 집중력의 정도가 약해지기에, 칼스타인은 엘리니크의 조언에도 기존의 방식을 유지하려 하였었다.

하지만 어차피 경지를 넘을 녀석은 넘을 것이고 안 되는 녀석은 안 되지 않느냐는 거듭되는 엘리니크의 고언에 확률은 조금 떨어지겠지만 결국 마나를 거는 방식으로 바꾸어서 적용하기로 하였다.

어쨌든 엘리니크의 말처럼 모두가 칼스타인 같지는 않았기에 상당수의 수하들은 칼스타인의 방법으로 성공하지는 못하였다. 정확히 말하자면 반반 정도의 확률이었다.

지금까지 칼스타인의 방법을 통해서 10명의 최상급 익스퍼트 중 다섯 명이 마스터가 되었다. 그리고 나머지 다섯 명 중 엘리니크의 조언 전에 시도했던 두 명은 목숨을 잃었었고, 조언 뒤에 시도했던 세 명은 마나를 사용할 수 없는 몸이 되어버렸다.

또한, 마스터에서 그랜드마스터로 가는 길은 두 명이 시도했는데, 한 명은 아까 칼스타인이 언급했던 레오는 그랜드마스터가 되었고 다른 한 명은 마나를 사용할 수 없게 되어버렸다.

다만, 마나를 사용할 수 없게 된 기사들은 영구히 마나를 사용할 수 없게 된 것은 아니었다.

엘리니크에게 치료를 받아 마나홀을 회복하고 수련을 통해서 다시 마나를 갖출 수 있었는데, 지금까지 모았던 마나는 모두 사라지고 처음부터 다시 마나를 모아야 한다는 문제가 있었다.

물론 한 번 갔던 길이기에 빠른 속도로 예전의 경지를 찾을 수 있을 것이나 그래도 상당한 시간이 걸리는 것은 당연한 일이었다.

"아무리 목숨은 건진다 하더라도 마나를 잃고 다시 처음부터 쌓는 것은 큰 부담이지요."

"뭐. 그 정도 각오가 없는 놈들은 내가 직접 상대할 필요는 없지."

"하하. 어쨌든 셀리나는 블레이즈 기사단장 페르마와 근위기사단 요인경호부의 부장 리카르도에 맡기도록 하겠습니다."

"리카르도면 무투사 맞지?"

"네, 리카르도는 체술에 능한 무투사로 무기를 소지 하지 못하는 곳의 요인 경호를 맡고 있습니다."

"그래 이번엔 제대로 굴려봐. 그건 그렇고 가지고 왔어?"

지금 칼스타인이 엘리니크에게 말하는 것은 이곳에서 지구로 옮길 만한 마법기를 말하는 것이었다.

연무장으로 오기 전에 엘리니크는 분명히 마법기를 가져온다고 칼스타인에게 말했기에 지금의 질문은 자연스러운 물음이었다.

"네. 여기 있습니다."

엘리니크가 품속에서 꺼낸 것은 여섯 개의 반지였다.

"다, 반지야?"

"모양은 반지지만, 이중 하나는 검이고, 하나는 갑옷입니다. 물건의 크기가 크면 클수록 영혼에 부담을 줘서 더 큰 영혼이 필요하기에 일단 그 크기를 최소화 하였습니다. 나중에 폐하께서 마나를 주입하시면 원래 모습으로 돌아올 것입니다. 마나 변환마법진을 통해 지구의 마나로 제작한 마법기이니 지구에서 바로 사용하실 수 있을 겁니다."

굳이 엘리니크의 설명을 듣지 않아도 칼스타인은 반지에서 지구의 마나를 느낄 수 있었다. 다만, 엘리니크의 말 중에서 의아한 부분이 있어 칼스타인은 고개를 갸웃거리면서 그에게 물었다.

"그래? 근데 크기뿐만 아니라 마나량에도 영혼이 부담을 받는다며? 어차피 크기를 줄이려면 소형화 마법이 필요했을 것이고 그에 따른 부담도 있지 않았어?"

"하하하. 그랬지요. 그래서 기존의 마법술식이 아닌 최소한의 마나가 필요하도록 마법술식을 개량하여 재설치했습니다. 크기로 인한 부담과 마나량으로 인한 부담의 최적선을 찾아서 만들었습니다."

"뭐. 네가 어련히 알아서 했겠지. 어쨌든 각각 어떤 기능이 있는 거야?"

엘리니크를 믿고 있는 칼스타인은 더 이상 크기나 마나량에 대한 질문을 하지 않고, 반지의 기능에 대한 사안으로 넘어갔다.

"가장 좌측에 있는 반지부터 간단하게 설명 드리겠습니다. 좌측의 반지는 폐하께서 사용하시는 그랑 카이저의 모습을 본 뜬 바스타드 소드입니다. 그 소재는 대륙에서 가장 단단한 소재인 아르마니움과 마나전도율이 가장 높은 오리하리움의 합금 소재로 지금 폐하가 사용하시는 갑옷을 만든 드라우프족의 명장 크루툼이 만들었습니다."

"크루툼이라… 크루툼은 확실히 믿을 만하지."

그 말과 함께 칼스타인은 반지를 오른손 중지에 끼운 후 자신의 마나를 주입하였는데, 반지는 번쩍이는 흰 빛을 내더니 한 자루의 바스타드 소드로 변해 있었다.

엘리니크가 말한 대로 그랑 카이저의 모습과 외양은 거의 동일하였다. 다만, 껍데기는 같지만 알맹이가 다르기에 모양은 같지만 그랑 카이저에서 보이는 위압감이나 신비로운 마나파장 등은 전혀 보이지 않았다.

바스타드 소드를 든 칼스타인은 몇 차례 검을 휘둘러 보더니 만족스러운 표정으로 다시 마나를 주입하여 바스타드 소드를 다시 반지로 만들었다.

"좋군. 그랑 카이저의 무게중심은 다른 검과 조금 다른데 그 미묘한 차이까지 구현해 냈군. 몇 년 전 한 번 잡아보게 한 것이 다인데 그걸 기억하다니 역시 크루톰이야."

"마음에 드십니까? 검기나 검강을 발현하시기 편하게 마나 전도율만 높였고 소형화마법 말고는 별도의 마법은 걸지 않았습니다. 다만, 아르마니움이나 오리하리움 모두 4대신의 신지에서 직접 축성을 받은 재료라 악령이나 언데드에 대해서는 좀 더 강한 위력을 보이실 수 있을 것입니다."

"알겠어. 다음은?"

이후 엘리니크는 남은 반지들을 하나하나 칼스타인에게 설명하였다. 두 번째 반지는 헬멧을 비롯하여 건틀릿과 부츠까지 포함한 풀 플레이트 아머였다.

큰 부피를 하나의 반지로 담느라 자가 복구 마법 말고 다른 마법은 담지 못했으나, 소재가 가진 특성상 기본적인 물리방어력과 마법방어력을 갖추고 있었다. 또한, 제련을 하며 각성 마수의 속성 마정석을 갈아 넣어 빙결, 화염, 산성, 독 등에도 저항력을 보일 수 있다는 말까지 덧붙였다.

세 번째 반지부터는 그냥 반지였다. 그런 만큼 칼스타인에게 반지들은 유용한 마법들을 담고 있었다.

그 중 이 세 번째 반지는 신체 회복 및 상태이상 회복에 초점이 맞추어진 반지였다.

혹시 모르는 부상을 입을 경우 마나의 힘으로 절단된 신체까지 단숨에 재생할 수 있는 대단한 회복 능력을 가진 반지였다. 당연히 독같은 공격에서도 치유를 할 수 있는 기물(奇物)이었다.

이 반지의 설명을 듣던 칼스타인은 눈을 빛내며 엘리니크에게 물었다.

"이 반지로 어머니의 치료가 가능 할 것 같아?"

엘리니크가 설명한 효능이라면 지구의 대회복마법에도 준하는 회복마법이기에 칼스타인은 일말의 기대를 가졌다. 하지만 엘리니크의 대답은 칼스타인의 기대에서 빗나갔다.

"죄송하지만 그렇게 되기는 힘들 것 같습니다. 지금 보여드린 반지들은 폐하만이 사용가능 하실 것이고 그 효능 또한 폐하께서만 받으실 수 있을 것입니다."

"왜 그렇지?"

"일단 마나효율을 최대화하기 위해서 마법의 발동은 모두 시전자 한정으로 설정하였습니다."

"그럼 타인에게도 사용할 수 있도록 하면 되는 거 아 냐?"

시전자 한정으로 만들었다는 말은 시전자말고도 마법을 적용받도록 할 수 있다는 말이었다. 그래서 칼스타인의 질문은 어쩌면 당연하였다.

하지만 엘리니크의 대답을 듣고나서는 칼스타인 역시 고개를 끄덕일 수밖에 없었다.

"거기에는 두 가지 문제가 있습니다. 먼저 타인의 마나홀을 치료할 수 있는 마법을 사용하려면 7서클 리커버리 주문 정도는 되어야 할텐데. 그 마법이 담긴 마법기를 옮기려면 영혼수확기의 포인트가 적어도 100만 포인트는 필요할 것 같습니다."

"100만?"

"네, 폐하의 마나에 맞춘 시전자 한정 마법이 아닌 제대로 된 7서클 마법을 담으려면 그 정도 포인트는 필요할 것 같습니다."

지금 반지의 마법도 사용하는 마나는 6서클 정도에 불과하지만 그 효능은 7서클에 준하는 마법기라 할 수 있었다.

하지만 이것은 엘리니크가 최대한의 효율로 마법술식을 짜서 칼스타인의 마나에만 반응하도록 만든 특화된 마법기이기 때문에 가능한 일이었다.

그런 과정 없이 일반적인 7서클 마법기를 영혼에 담기 위해서는 엘리니크의 말처럼 아주 큰 영혼의 힘이 필요하였다.

"흐음… 그렇다면 지금 당장은 어쩔 수 없겠군. 그렇지만 조만간 그 포인트를 모아올 테니 제대로 한 번 만들어 봐."

"네, 알겠습니다. 들어가는 포인트를 최소화하여 만들 수 있도록 하겠습니다."

제천길드에서 세븐메이지와의 만남을 주선하거나, 그에게 전언을 전해준다고는 하였으나 앞으로의 일이 어떻게 풀릴지는 알 수 없었다.

그렇기 때문에 플랜B 즉, 대안이 필요하였다. 최고의 대안은 그랜드마스터에 올라서 환골탈태를 시켜주는 것이었지만, 마스터도 되지 않은 상태에서 그랜드마스터는 아직 요원한 일이었다.

이런 상황에서 좀 많기는 하지만 영혼수확기의 포인트만 모으면 어머니를 치료할 수 있다는 새로운 대안은 충분히 환영할 만한 것이었다. 따라서 칼스타인은 마스터에만 오르고 나면 본격적으로 다크클랜을 사냥할 계획이었다.

비단 한국의 다크클랜 뿐만 아니라 국제적인 다크소울이나 블러디문까지 사냥 범위에 넣어서 적극적으로 포인트를 모을 계획이었다.

'다크소울의 수뇌부들은 마스터는 되었겠지? 만일 그랜드마스터 급이면 마스터에 오른다 하더라도 좀 위험하긴 한데….'

칼스타인이 말이 없자 엘리니크는 이어서 네 번째 반지의 기능에 대해서 이야기하기 시작했다.

네 번째 반지는 공간이동 마법이 설정된 반지였다. 세 곳의 좌표지정이 가능한 이 반지는 거리에 따라서 사용되는 마나가 다르긴 하나 좌표만 지정 해 놓으면 언제든 이동 할 수 있는 반지였다.

이 반지의 가장 큰 장점은 엘리니크 특유의 마법술식으로 만든 공간이동 마법으로 지구에서 통상적으로 공간이동을 막는 결계에 관계없이 발동이 가능하다는 점이었다.

같은 맥락에서 이 마법으로 이동하는 좌표 역시 엘리니크의 마법술식을 파악하지 않는 이상은 찾을 수 없게 하여 노이즈처리로 숨기는 것보다 월등히 높은 보안 효율을 가질 수 있었다.

다섯 번째 반지는 비행마법이 같이 담겨 있는 반지였다. 그랜드마스터 급만 되었어도 하늘을 땅처럼 걸으며 뛰며 전투를 벌일 수 있었으나 마스터 급 이하에서는 공중전이 자유롭지는 못하였다.

특히, 와이번이나 드레이크 같은 비행형 몬스터와 싸우기에는 현재 칼스타인의 상황으로는 여의치 않는 것이 있었다.

그래서 엘리니크는 비행 마법을 담았는데, 그가 담은 비행마법은 3서클의 플라이 마법이 아닌 6서클의 소닉 플라이로 급속 비행이 가능한 마법이었다.

마지막 여섯 번째 반지는 바로 탐지 능력을 갖춘 반지였다. 이 반지는 기본적으로 반경 10킬로미터의 실시간 탐지는 물론이고, 주입되는 마나에 따라서 기본 탐지거리의 백배까지 증폭탐지가 가능하였다.

물론 칼스타인의 지금 마나 상태로는 기본 탐지 거리의 두세 배 정도가 한계일 것이나 그것만으로도 상당히 수월하게 몬스터 홀의 코어를 찾을 수 있을 것이었다.

이 뿐만 아니라 거리에 관계없이 찾는 물건이나 사람의 마나파장을 알면 그 마나 파장이 있는 곳으로 시전자를 이끌어 주는 기능까지 있었다.

따라서 만약 이 반지를 사용하게 된다면 어떤 물건이나 사람도 한 번 파장을 파악하고 나면 그 파장이 사라지기 전에는 놓칠 일이 없게 될 것이었다.

"여기까지입니다. 향후 포인트를 더 모으시면 여러 가지 마법이 함께 사용가능한 마법기도 만들어 드릴 수 있지만, 일단은 지금 가장 필요하다고 판단되는 마법들 위주로 편성하였습니다. 어떤 마법기를 먼저 지구로 가져가시겠습니까?"

지금 엘리니크가 보여준 마법기들은 최소 영웅 등급에서 어쩌면 전설 등급 아티팩트와 맞먹는 능력을 지닌 마법기들이었다.

마나 사용을 최소화해서 내재 마나는 전설 등급에는 미치지 못하나 그 능력만큼은 전설 등급의 아티팩트라 해도 과언이 아닐 정도였다.

가져갈 수만 있다면 당연히 모든 반지 다 가져가는 것이 가장 좋은 선택일 것이지만, 지금 영혼수확기의 포인트는 5만 포인트에 불과하기에 이 중 하나의 반지만 선택할 수 있었다.

"음…. 일단 앞으로는 반지 말고 다른 모양도 고려해 보도록 해. 이미 하나의 반지를 끼고 있는데 저 반지들마저 다 착용한다 생각하면 좀 그렇군."

사실 엘리니크가 처음 영혼소모 소환술을 만들고 난 뒤 테스트를 위해 3천 포인트를 사용하여 이미 하나의 반지를 지구로 넘긴 상태였다.

인식장애 마법이 내재되어 있는 반지로 이 마법은 많은 마나가 필요하지 않는 마법이기에 적은 포인트로도 이동이 가능하였다.

"알겠습니다. 일단 신체와 맞닿아 있어야 하기에 형태가 제한적이기는 하지만, 향후에는 문신 형태나 다른 장신구류도 고려해 보겠습니다. 그런데 이 중에서는 어떤 것으로 고르시겠습니까? 개인적으로는 안전을 최우선으로 해서 치료 반지를 추천 드리고 싶습니다만…."

"흠… 아공간이 설정된 마법기만 가져간다면 모두 해결될 텐데 아쉽군…."

"하하하. 그렇지요. 저도 그렇게 된다면 좋겠습니다만, 폐하도 아시다시피 그건 안 되지 않습니까?

"그렇지."

일반적으로 아공간은 마나를 이용하여 물질계와 붙은 허차원에 공간을 만들어 그 공간을 이용하는 방식이었다.

즉, 아공간 자체가 이 헤스티아 차원에 붙어 있다는 이야기였다. 만일 헤스티아 대륙의 아공간에 있는 물건을 지구에서 부르기 위해서는 엄청난 차원 사이의 공간을 넘어야 가능할 것이었다.

아마 처음 셀리나를 부른 정도의 마나가 필요할 것으로 추측이 되었는데, 지구에서의 칼스타인이 라이트소더에 오르지 않고서는 불가능하다는 말과 같았다.

어쨌든 그 말을 마지막으로 칼스타인은 잠시 생각에 잠겼다.

'음… 비행마법 쪽은 셀리나가 있으니 일단은 패스고….'

반지의 마법은 음속이동이 가능하다고는 하지만, 셀리나가 본신으로 이동한다면 초음속 이동까지 할 수 있었다. 더군다나 공중전은 셀리나에게 맡겨도 되는 상황이기에 비행 마법은 지금 당장 필요한 마법은 아니었다.

공간이동 또한 필요시에 셀리나를 타고 가면 어느 정도는 해결 가능한 부분이었다. 물론 긴급상황에서 탈출은 불가능하겠지만 이동이라는 원래의 목적은 달성 가능하였다.

곰곰이 생각해본 결과 지금 당장 필요하다고 할 수 있는 것은 치료 반지 아니면 탐지 반지였다.

엘리니크의 조언대로 만일의 사태를 대비한다면 치료 반지가 필요할 것이고, 지금 당장 사냥의 속도를 높이기 위해서는 탐지반지가 필요하다 할 수 있었다.

'보호만 따지면 전신 갑옷 쪽도 괜찮은 선택이지만…. 아무래도 상태이상 부분이 조금 걸리는군.'

비록 리하트식 마나수련법으로 상태이상에 대비할 수 있는 방안을 만들기는 하였지만, 즉시 회복해야하는 긴급한 상황에서의 대응을 위해서 또 다른 방안이 있는 것은 나쁘지 않은 선택이었다.

"이번에는 일단 치료반지를 가져가는 것으로 하지."

과거 홍지희와의 사건 이후 지구의 몸이 여러 부분에서 취약하다는 것을 깨닫고 있는 칼스타인이었기에 결국은 만일의 상황에서 대비할 수 있는 치료반지를 선택하였다.

엘리니크 역시 칼스타인의 선택이 만족스러운지 큰 웃음과 함께 대답했다.

"하하하. 좋은 선택이십니다. 무엇보다도 안전이 최고지요. 포인트는 많이 남아있을 텐데 지금 바로 영혼에 저장하시겠습니까?"

"그렇게 하지. 뭐 기다릴 필요가 없잖아."

"일단 마법기의 마나량이 테스트 때와는 차이가 있으니 안착까지는 일주일정도의 시간은 필요할 것 같습니다."

최초 테스트 이후 헤스티아 대륙에서의 칼스타인은 황궁의 직할 영지 및 인근 영지의 흉악범들을 처분해 모조리 포인트화 시켜 이미 이백만 포인트에 가까운 영혼 포인트를 모아둔 상태였다.

따라서 이곳에서는 별도의 영혼 수확 절차 없이 바로 영혼 저장 절차로 넘어갈 수 있었다. 물론 저장 후에 영혼에 안착 할 때까지 시간이 필요하였기에 저장한다고 바로 다시 지구로 넘어갈 수는 없었다.

"일주일이라… 뭐 어차피 셀리나의 교육까지 생각하면 한달 정도는 머무를 생각이었으니 관계없겠지."

"네. 그럼 바로 진행하시지요."

엘리니크의 말을 끝으로 칼스타인은 치료 반지를 손에 들고 체내에 있는 영혼 수확기의 영혼과 연동하기 시작했다.

웅웅웅웅웅~

무언가가 울리는 듯한 소리와 함께 칼스타인의 몸에서 빛이 나더니 그의 손에 있던 반지는 사라졌다.

엘리니크는 알 수 없었지만, 칼스타인은 지금 영혼 수확기 내부의 영혼들이 치료의 반지를 받아들이기 위해서 서로 결합하며 영혼의 크기를 키워 나가다가 어느 순간 반지를 저장한 것을 느낄 수 있었다.

'지금이군.'

이미 한 차례 경험 해본 일이기에 칼스타인은 망설이지 않고 자신의 내부에 있는 영혼수확기를 열어 그 중 반지를 받아들인 영혼을 빼냈다.

영혼수확기의 남아 있는 포인트를 확인해보니 남은 포인트는 1,924,398 포인트였다.

'이곳에서는 포인트가 충분하군.'

그 후 칼스타인은 뽑아낸 영혼을 엘리니크가 알려준 술식에 따라서 자신의 영혼에 천천히 결합시켜나갔다.

마치 영혼에 껌과 같은 진득한 것이 달라붙는 느낌에 칼스타인의 기분은 썩 좋지 못했지만 유용한 마법기를 옮길 수 있었으니 그런 기분 정도는 충분히 참을 수 있었다.

"끝났군. 역시 영혼에 뭔가가 붙는 기분은 좋지 않아."

"그… 건 어쩔 수 없는 부분인 것 같습니다. 수고하셨습니다. 폐하."

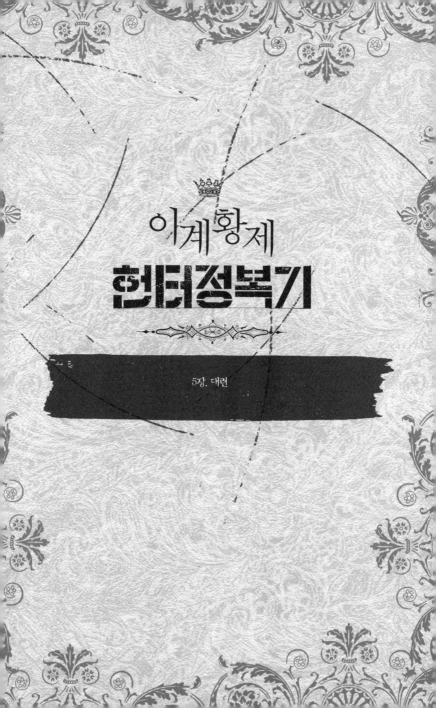

이계황제
헌터정복기

5장. 대련

5장. 대련

파즈즈즈즈~!

셀리나는 온몸에서 전격을 뿜어내며 번개와 같은 빠른 속도로 검은 가죽 갑옷은 입은 남자에게 날아들었다.

당연히 단지 접근하는데 그치지 않고 셀리나는 맹호출동(猛虎出洞)의 식으로 진각과 함께 전격을 가득 머금은 주먹을 뻗어냈다.

이 일격은 지금까지 보다 한 단계 속도를 올려서 날아든 것이라 셀리나는 상대가 피하지 못할 것이라 생각하며 내심 회심의 미소를 지었다.

콰앙! 우당탕탕~

하지만 결과는 셀리나의 예상과는 달랐다. 물 흐르듯 좌측으로 돌아 셀리나의 공세를 피해낸 가죽 갑옷의 남자는 그대로 그녀의 후방을 점해 오른 손으로 셀리나의 등을 가격한 것이었다.

그렇게 자신의 공격에 남자의 공격까지 합쳐져 셀리나는 엄청난 속도로 자신 공격한 방향으로 바닥을 구르고만 것이었다.

"일어서라. 셀리나!"

으득!

이를 악무는 소리와 함께 셀리나는 일어났다. 일어선 그녀의 주위에 뿜어지는 전격이 아까보다 더 화려하게 발현되고 있었다.

그런 셀리나의 모습이 못마땅했는지 가죽갑옷의 남자는 언성을 높이며 다시 한 번 그녀에게 외쳤다.

"셀리나! 쓸데없이 마나 방출하지 말라고 하지 않았나!"

"으윽…."

남자의 말에 셀리나는 마음을 추스르고 마나를 갈무리하려고 하였는데, 분한 마음에 들끓는 마음을 잘 가라앉힐 수가 없었는지 처음에 비해서 스파크가 그렇게 줄어들지는 않았다.

그 때 연무장의 뒤 쪽에서 은빛갑옷을 입은 남자가

나타나며 말했다.

"리카르도! 시간 다됐어. 이제 내 차례야."

리카르도는 은빛 갑옷 남자의 말에 그를 돌아보더니 말했다.

"응? 벌써 그렇게 됐나? 페르마, 네가 제대로 굴려줘. 쟤 아직 힘이 덜 빠진 것 같아."

"크크. 굴리는 건 내 전문이지. 걱정 마. 이대로 한 일주일만 더 굴리면 쓸데없는 힘을 주려고 해도 못줄 거야."

같은 마스터 급이라서 그런지 비슷한 직급이라서 그런지 둘은 편하게 말을 주고 받고 있었다.

그런 페르마와 리카르도의 말에 셀리나는 분한 표정으로 그들을 바라보았다.

'본신으로 싸운다면 충분히 붙어 볼만한데…'

이 둘이 마스터 급이라고는 하지만 셀리나 역시 전설 등급의 환수였다. 일대 일로 싸운다면 힘으로는 마스터에 밀리지 않는다는 말이었다.

지구에서처럼 마나의 제약이 있는 상황도 아니고, 오히려 칼스타인의 넘치는 마나에 보통의 전설 등급 환수보다 월등히 많은 마나를 사용할 수 있기에 어쩌면 저 둘과 한번에 싸운다 하더라도 쉽게 질 것 같다는 생각은 들지는 않았다.

하지만, 칼스타인의 지시에 의해서 지금 셀리나는 인간형으로만 싸워야 하는 상황이었다.

어차피 지구로 간다면 본신의 모습으로 있는 시간보다 인간형으로 있어야 하는 시간이 더 많았기에 셀리나를 효율적으로 사용하기 위한 방편이었다.

그렇기에 지금 셀리나는 마스터 급의 페르마와 리카르도를 상대로 연신 바닥을 뒹굴면서 패배감을 느끼고 있었다.

검은 가죽갑옷을 입은 리카르도가 뒤로 빠지자, 은빛 갑옷의 페르마가 셀리나 앞으로 나서서 롱소드를 뽑아들고 말했다.

"이번엔 무기 대련이니 검을 만들어봐."

지이잉~

페르마의 말에 셀리나는 대꾸도 하지 않고 자신의 마나를 모아서 전격의 검을 손에 쥐었다. 롱소드와 같은 형태였는데 검신에서 일어나는 스파크가 검을 마법검처럼 보이게 하였다.

"자~ 간다!"

페르마는 풍룡보(風龍步)를 밟으며 바람같이 셀리나에게 다가가서 비룡승천(飛龍昇天)의 식으로 하단에서 상단으로 검격을 뿌려냈다.

갑작스러운 공격이었지만 벌써 이 주가 넘게 이들과 상대하고 있는 셀리나는 이미 이런 패턴 정도는 파악을 하고 있었다.

허리만 젖혀서 검격을 피해낸 셀리나는 다시 허리를 펼치며 오른손에 든 자신의 검을 페르마의 허리를 향해 휘둘렀다. 단월참(斷月斬)의 일격이었다.

"호오~ 많이 늘었네."

페르마는 왼 발만을 뒤로 빼며 셀리나의 검격을 피해 냈는데, 그 모습을 본 셀리나는 눈을 빛내며 자신의 검에 새로이 마나를 더 주입하였다.

파지지지직!

셀리나의 마나와 함께 그녀의 검에서는 전격이 줄기줄기 흘러나오며 페르마의 상반신을 노려갔다. 정황상 피할 수 없는 일격이었다.

치이이익!

그러나 페르마 역시 낙하산으로 기사단장이 된 것이 아니었다. 재빨리 마나를 돌려 자신의 앞에 일차적인 방어막을 세운 뒤 방어가 깨어지기도 전에 오러 소드가 가득한 자신의 검으로 전격의 맥을 잘라내며 그녀의 공격을 무효화 시켰다.

페르마의 검은 셀리나의 공격을 끊어내는데 그치지

않고 뻗어낸 그녀의 오른팔까지 노렸다.

"핫!"

페르마의 공격에 오른 손을 빼며 그 회전력으로 왼손으로 다시 그를 노리고 공격해 들어갔는데 어느새 오른손에서 검이 사라지고 왼손에 그녀의 검이 나타나 있었다. 의표를 찌른 일격이라 할 수 있었다.

하지만 페르마에게는 통하지 않았다. 오랜 시간 동안 전장을 누비며 수많은 전투를 해온 페르마는 이 정도 공격에 충분히 대응할 수 있었다.

"호! 많이 발전했지만 이 정도로는 멀었어."

그 말과 함께 페르마는 왼손에 마나를 드리워 셀리나의 검을 쳐내 튕겨낸 다음 오른 손에 있는 검의 검면으로 그녀의 복부를 가격하였다.

퍼억!

검에 맞은 셀리나는 이번에도 무릎을 꿇고 말았다. 그녀의 패배였다.

"으윽…. 야이 새끼들아! 진짜 한 판 붙어!"

치명상은 아니지만 거듭되는 패배에 더 이상 참을 수가 없었던지 셀리나는 온 몸에서 전격을 뿜어내며 외쳤다.

하지만 이런 일이 처음은 아니었는지 한 걸음 물러선 페르마는 느물거리는 웃음으로 그녀에게 말했다.

"흐흐흐. 폐하께서 본신으로 돌아가지 못하게 하지 않았나?"

칼스타인의 말이 나오자 셀리나 주위의 전격이 현저하게 줄어들었다. 더 이상 칼스타인을 실망시켰다가는 자칫 잘못하면 버려질 것이라는 두려움이 있었기 때문이었다.

"크윽…."

그렇게 분하다는 듯 잇소리만 내는 셀리나에게 또 다시 누군가의 목소리가 들려왔다.

"뭐 적당히 수련도 한 것 같으니 한 번 제대로 붙어봐. 본신으로 말이야."

바로 칼스타인의 목소리였다.

"오빠!"

기절한 이후 이주가 넘도록 한 번도 칼스타인을 본 적이 없었던 셀리나였기에 그녀의 목소리에는 반가움이 묻어있었다.

"그래, 수련은 잘하고 있었나?"

"그… 그건…."

셀리나는 인간형의 몸으로는 아직 한 번도 이 둘을 이겨보지 못했기에 잘했다고 선뜻 대답하기 힘들었다.

그런 그녀의 분위기를 눈치 챘는지 칼스타인은 한 마디 말을 더 건넸다.

"아직 인간형의 몸이 익숙하지 않으니 당장 이들을 이기긴 힘들 수도 있겠지. 그리고 어차피 네 본신은 썬더버드니까 본신을 생각한다면 이런 수련이 의미가 없다 생각할 수도 있을 것이야. 하지만, 어차피 내 옆에서 활동을 하려면 인간형의 몸으로도 제대로 된 네 능력을 발휘할 수 있어야 할 것이다."

칼스타인의 말을 이해했는지 셀리나는 별다른 반박도 없이 칼스타인의 말을 받아들였다.

"네. 오빠… 알고 있어요."

하지만 이어서 나오는 칼스타인의 말은 이 중 누구도 예상하지 못하였다.

"그러나 본신으로도 인간들과 대적하는 방법을 익힐 필요는 있으니 사일에 한 번 정도는 본신으로 싸워봐. 그런 의미에서 오늘은 본신으로 해봐. 대신 전처럼 막무가내로 전격을 사용하는 것이 아니라 효율적으로 마나 통제해야 이런 수련이 의미가 있겠지."

셀리나 뿐만 아니라 곁에서 칼스타인의 말을 듣고 있던 페르마와 리카르도 역시 칼스타인의 말에 깜짝 놀라는 표정을 지었다. 그리고 셀리나는 회심의 미소를 지으며 둘을 돌아보며 그들에게 말했다.

"들었지? 잘 부탁해. 호호호."

페르마나 리카르도나 마스터 급이라 불리는 각성형 마수와 일대 일 대결이 충분히 가능한 강자들이었다.

하지만 셀리나의 본신은 칼스타인의 무한한 마나를 바탕으로 한 전격 공격이 가능하기에 보통의 각성형 마수보다도 훨씬 상대하기 힘들었다.

특히, 양쪽 다 치명적인 살수는 자제해야 하는 상황이기에 일격필살의 공격을 주로 삼는 페르마는 더 힘든 상황이라 할 수 있었다.

그 모습을 보던 칼스타인은 연무장을 나서며 셀리나에게 한 마디 덧붙였다.

"인간형으로 이 둘과 어느 정도 승률이 나와야 지구로 돌아갈 테니 알고 있어."

"네, 오빠."

그리고 약간의 시간이 지난 후 칼스타인은 뒤쪽 연무장에서 한 동안 남자들의 비명소리가 들려오는 것을 들을 수 있었다.

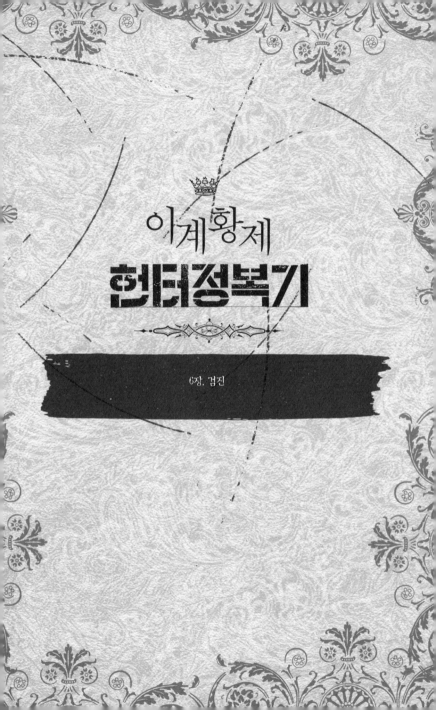

이계황제
헌터정복기

6장. 검진

6장. 검진

흐으응~ 흐음~

콧노래 소리를 내며 복도를 걸어가는 성소현을 보던 40대 초반의 선배 의사가 의아한 표정으로 그녀에게 물었다.

"소현씨 뭐 좋은 일 있어?"

"네? 갑자기 무슨 소리에요?"

"아니. 무슨 좋은 일이 있는지 콧노래까지 부르면서 걸어가냐구."

"아…."

성소현은 자신이 콧노래를 부르는 줄도 모르고 있었

이계정복기
헌터황제
163

는데, 선배의 말에 의해서 조금 전의 상황을 인식하고 얼굴을 빨갛게 물들였다.

"하하. 표정 보니까 남자친구?"

"아… 아니에요…."

아니라고 말하는 성소현의 표정은 아까 전보다 더 붉어져 있었다. 그런 그녀의 표정을 보던 선배는 더 짓궂은 표정으로 그녀에게 말했다.

"에이. 거짓말을 하려면 포커페이스를 유지해야지. 그렇게 당황한 표정으로 말하면 어디 믿겠어? 근데 우리 이능 2과의 퀸카가 만나는 남자가 누구려나? 하하하."

선배의 말처럼 성소현은 현성 능력자 전문병원에서도 알아주는 미인이었다. 그래서 병원 전체에서도 이능 2과의 퀸카라면 모르는 사람이 없었다.

더군다나 남자친구가 없다고 알려져 있었기에 그녀에게 대쉬를 하는 남자의사들도 무척 많았고, 환자로 온 고위 헌터들 또한 예외는 아니었다.

"아… 아니라니까요…."

"보아하니 병원내 연애는 아닌 거 같고… 환자로 온 헌터와 만나는 거 아냐?"

"아니에요! 학교 친구와… 앗…."

거듭되는 선배의사의 유도심문에 성소현은 넘어가서 학교 친구라는 말을 하고 말았다. 그녀의 대답에 기회를 잡았다는 듯 선배의사는 능글거리는 웃음을 지으며 말을 이었다.

"오호라~ 학교 친구~"

"아… 그… 그게… 아직은… 아무사이도 아니에요…."

"음? 뭐야? 그런 소현씨 혼자 좋아하고 있는 거야? 허허. 이거 참. 이능 2과의 퀸카가 짝사랑이라니 놀랄 노자구만."

"그…. 그게…."

선배의사가 말하는 대로 짝사랑이 맞았던지, 성소현은 그에 대한 반박은 하지 못하였다. 그런 성소현의 태도에 선배의사는 건수를 잡았다는 표정으로 아직도 얼굴이 붉어져 있는 그녀의 어깨를 두드리고 자리를 비켰다.

복도를 걸어가는 선배의사에게서 휘파람 소리가 들려왔다.

선배의사가 지나가고도 성소현은 한참동안 자리를 떠나지 못했다. 그가 한 말이 머릿속에 남아있었기 때문이었다.

'진짜 짝사랑인 건가…. 그런가… 그런가봐….'

내일이면 칼스타인의 모친 박정아의 정기 검진일이었다. 개성에 있을 때에는 단지 마나 주사만 맞고 별도의 검진은 받지 않았지만, 칼스타인이 A급 헌터가 되어 경제적 여유가 있는 상황이기에 이제 박정아는 한 달에 한 번씩 정기적인 검진을 받고 있었다.

그리고 매주 마나 주사를 맞을 때는 굳이 칼스타인이 찾아오지 않았지만, 정기 검진 때는 칼스타인이 항상 같이 오고 있어, 성소현은 칼스타인을 만날 것을 생각하며 기분이 좋아져 있던 상태였다.

다만, 선배의사가 말하기 전에는 자신의 상태를 자각하지 못하고 있었는데, 그가 짝사랑 아니냐고 말하는 순간 성소현도 자신의 감정을 인지하기 시작하였다.

'그런데 과연 내가…. 수혁이 옆에 설 수 있을까?'

주위에서는 퀸카라고 치켜세워 주지만 과거 그녀가 했던 행동이 그녀가 자신감을 갖는 것을 가로막고 있었다.

'하지만…. 수혁이는 날 용서해 줬잖아… 그 말은…. 내가 옆에 서도 된다는 것 아닐까?'

한참 동안이나 성소현은 멍하게 선 채로 생각을 이어 나갔다. 그리고 어느 순간 그녀는 눈을 빛내며 결론을 내렸다.

'그날 내가 안기는 것도 막지 않았잖아. 그래 나도

수혁이 옆에 설 수 있을 거야!'

그 생각을 끝으로 성소현은 그녀 앞에 있는 큰 거울에 비친 자신의 얼굴과 몸매를 확인하였다.

'이 정도면 괜찮지 않을까? 음… 그래도 A급 헌터면 연예인들과도 만난다고 하는데 나 정도는 눈에 안 찰 수도 있겠지? 그럼 화장 연습이라도 해야 하려나… 그치만 수혁이가 어떤 스타일을 좋아하는지 모르니….'

한 번의 결론을 내렸지만 성소현의 생각은 그렇게 다시금 복잡해져 갔다.

❖

칼스타인이 지구로 돌아온 것은 헤스티아 대륙에서 6개월의 시간을 보낸 뒤였다.

이렇게 오랜 시간이 걸린 것에는 인간형의 셀리나가 페르마, 리카르도와 대련에서 승률이 생각보다 나오지 않았다는 이유도 있었지만 원정을 통해서 병합한 알토왕국의 구 귀족들 사이에서 왕가 복원 운동이 벌어졌기 때문이었다.

결국 주동자들을 모두 참수해버려 이제 그런 반란의 씨앗들을 싹그리 없애버리는 것으로 마무리가 되었는데,

그 때까지 꽤나 시간이 필요하였다.

어쨌든 그 동안 대련에 박차를 가한 셀리나는 인간형으로는 대략 30%의 승률, 본신으로는 60%의 승률을 보이는 것으로 대련을 마무리 하였다.

초반에는 인간형으로는 5%의 승률도 나오지 않았다는 점은 감안하면 엄청난 발전이라 할 수 있었다.

다만, 초반에는 본신으로 대련할 때는 80%에 가까운 승률이 나왔으나, 페르마와 리카르도 역시 셀리나의 본신을 상대하는 방법을 익혔기에 본신의 승률은 처음에 비해서 많이 떨어져 있었다.

어쨌든 칼스타인은 인간형으로 30%의 승률이 나온다는 것에 꽤나 만족한 눈치였다. 페르마와 리카르도라면 마스터 중에서도 만만한 상대는 아니었기 때문이었다.

그렇게 지구로 돌아온 칼스타인이 가장 먼저 한 일은 바로 헤스티아 대륙에서 넣어온 반지를 꺼내는 일이었다.

정해진 방법에 따라 영혼 내 물건을 이전하고 영혼을 소멸 시키는 절차까지 마치자 어느새 칼스타인의 손에는 헤스티아 대륙에서 본 반지가 나타나 있었다.

"되었군."

이미 왼손 중지에는 인식장애 반지가 끼워져 있었기에 칼스타인은 지금의 치료 반지는 왼손 약지에 끼웠다.

둘 다 별다른 장식은 없는 반지였지만 은은하게 빛나는 연두빛 마나가 마치 고급 등급의 아티팩트처럼 보이게 하였다.

지금의 빛깔은 엘리니크가 주입한 마나와 반지의 합금 재질과 반응하여 나타나는 색으로 일반적인 아티팩트의 등급에 따른 색과는 무관한 빛깔이었다.

'빛이 좀 거슬리긴 하지만, 어쨌든 다른 사람들은 고급 정도의 아티팩트로 생각할 테니 차라리 잘 되었다 할 수 있겠군.'

어차피 헤스티아 대륙에서 가져온 마법기들은 시스템상에 표시되지 않았기에 실제로 만져보면 아티팩트가 아님을 알 수 있을 것이지만, 칼스타인이 반지를 내어줄 이유는 없었다.

결국 대부분의 사람들이 칼스타인의 반지를 그 빛깔로 판단하여 고급 등급의 아티팩트로 오인할 가능성이 높았다.

반지를 수습한 칼스타인은 문을 열고 거실로 나섰다. 이제 동이 튼 지 얼마 되지 않았는지 거실은 서서히 밝아지고 있었는데 거실의 전면 유리를 통해서 들어오는 햇살이 어둠을 몰아내는 모습이 신비로운 느낌마저 주고 있었다.

딸칵~

칼스타인이 문을 열고 나오는 소리를 들었는지 박정아
역시 자신의 방문을 열고 나오며 말했다.

"수혁아 일어났니? 일찍 일어났네."

칼스타인은 6개월만에 보는 얼굴이었지만, 박정아는
어제 자기 전에 보았기에 인사는 간단하였다.

"네, 오늘 정기 검진 가는 날이잖아요."

박정아는 칼스타인이 자신을 챙겨주는 것이 기분이 좋
았던지 미소를 지으며 대답했다.

"참…. 이제 같이 안 가도 된다니까? 나 혼자 갔다 올
수 있어."

"그래도요. 근데 반지하고 목걸이가 불편하진 않으세
요?"

지구 시간으로 어제 칼스타인은 박정아에게 성호상회
에서 가져온 업솔브링과 이베이전 목걸이를 전달하였었다

당연히 칼스타인은 박정아에게 주기 전 아티팩트의 세
부 정보를 확인해 보았었다.

[장비 정보]

이름 : 업솔브링

등급 : 고급

특징 : 자동 충격 보호 (내재마나: 100/100, 소모마나:
충격에 따라 차등)

자동으로 보호 되는 충격의 한계까지는 확인해본 적
없었지만, 이것을 판매한 최선주의 말로는 권총 정도의
충격은 10 포인트 정도의 내재마나가 사용된다 하고, 대
형 교통사고 같은 경우는 50 포인트 정도의 내재 마나가
사용된다고 언급하였다.

즉, 몬스터의 습격이 아니라면 일반적인 상황에서 박
정아가 피해를 입을 가능성은 극히 낮다는 이야기였다.

[장비 정보]
이름 : 이베이전 목걸이
등급 : 희귀
특징 : 심신안정
기술 : 응급 탈출(내재마나: 100/100, 소모마나: 거리
에 따라 차등)

이베이전 목걸이의 특징은 심신안정으로 긴급한 상황
이 생기더라도 패닉에 빠지는 것을 막아주는 효능이 있
었다.

그리고 긴급 상황에서 목걸이를 뜯어내면 미리 지정한 곳으로 공간이동이 되는 응급 탈출 기술이 내재되어 있었다. 일단 칼스타인은 지금 집의 지하실로 공간이동 장소를 정해 둔 상태였다.

응급 탈출은 좌표를 설정해서 이동하는 일반적인 공간이동과는 다르게 무조건 사전에 정해진 좌표로 이동하는 것이기에 주변의 마나가 다소 불안정 하더라도 시전이 된다는 장점이 있었다.

말그대로 시전자가 응급 상황에 빠졌을 때 탈출할 수 있게 해주는 기술이었다.

"응. 괜찮아. 특히 목걸이는 끼고 있으니 마음이 안정되면서 기분도 좋아지는 느낌이 있는 것 같아. 근데 진짜 이거 얼마야?"

박정아는 마나를 사용하지 못하는 입장이라 아티팩트의 세부 정보는 알 수 없었다.

다만, 칼스타인이 아티팩트의 사용법은 알려준 상태라 긴급 상황이 되면 어떻게 대처해야 하는지 정도는 알고 있었다.

"하하하. 가격은 묻지 말라니까요. 어쨌든 얼른 준비해서 나가요. 어제 저녁부터 금식하셨을 텐데 빨리 검진 끝내고 같이 식사해요."

"그래 알겠어. 얼른 다녀오자. 그런데 리나는?"

"아. 일단 돌려보내놨어요. 나름 생각 정리할 시간도 필요할 것 같아서요."

"음… 그렇구나…."

셀리나가 소환수인 것을 알고 있는 박정아는 굳이 칼스타인에게 꼬치꼬치 캐묻지는 않았다. 그녀가 알아야 되는 것이라면 칼스타인이 어련히 설명해줬을 것이라는 믿음에서 온 행동이었다.

어차피 식사는 검진을 마치고 해야 하기에 간단한 세안만 마친 칼스타인은 박정아를 데리고 현성능력자 전문 병원으로 자신의 차를 몰아서 이동하였다.

예약을 해두었기에 병원에 도착한 뒤 기다리는 시간은 그리 길지 않았다.

정기 검진을 위해서 박정아가 검사실로 들어간 사이 오늘따라 화장을 짙게 한 성소현이 칼스타인을 보기 위해서 내려왔다.

아마 전산으로 박정아가 접수하는 것을 확인하고 내려온 것 같아 보였다.

"수혁아!"

"어. 왔어?"

"잘 지냈어?"

"뭐 늘 그렇지."

대화는 단답형으로 이어졌다. 하지만 첫 만남 이후 종
종 메신저를 보낼 때도 칼스타인은 늘 단답형이었기에
성소현은 이런 대화가 어색하지 않았다.

한참 동안 단답형의 대화가 이어지다가 성소현은 큰
마음을 먹고 데이트 신청을 제안하려고 하였다.

여자가 먼저 나서는 것이 조금 부끄럽긴 하였으나 아
무래도 칼스타인은 연애에 관심이 없거나, 서툰 것으로
보였기에 자신이 먼저 적극적으로 나서지 않으면 관계가
나아갈 수 없다고 판단했기 때문이었다.

"수혁아."

"응?"

"내일… 아…."

성소현은 내일 뭐하냐는 질문을 하려던 찰나 칼스타
인의 왼손에 끼워진 두 개의 반지를 보았다. 중지의 반
지야 아무 의미 없는 것이겠지만, 약지의 반지가 문제
였다.

치료의 반지였지만 칼스타인이 말해주기 전까지 성소
현이 알 수 있는 방법은 없었다.

'어? 여자친구가 생긴 거야? 저번에 올 때만 해도 없었
는데….'

머릿속이 복잡해진 성소현이 말을 끝내지도 못하고 멍하게 있자 칼스타인이 그녀에게 물었다.

　"내일 뭐?"

　칼스타인의 무심한 말에 성소현의 내부에서는 갈등에 갈등이 거듭되었다.

　'뭐지? 뭐지? 뭐지? 진짜 여자친구 생긴 거야? 왜 왼손 약지에 반지를 낀 거지? 어떻게 된 거지? 물어봐야 하나? 너무 대놓고 물어보는 거 아닐까? 어떻게 하지?'

　짧은 순간이었지만 수십 번의 생각의 교차가 일어났고 결국 성소현은 결론을 내렸다.

　'어떤 상황인지 모르고 나 혼자 고민하고 결론 내리고 오해하지는 말자. 그간 보아온 수혁이의 성격상 거짓을 말할 것 같지는 않으니 직접 물어봐서 만일 여자친구가 있다고 한다면 그냥 축…하 해주자.'

　그렇게 잠시간의 침묵이 흐른 후 성소현은 결심을 한 듯한 표정으로 칼스타인에게 물었다.

　"내일 시간 되면 같이 영화나 보자고. 근데 왼손에 반지는 못 보던 건데 혹시 여자친구 생긴 거야?"

　성소현은 아무렇지 않게 이야기를 하려고 노력하였지만 떨려오는 그녀의 목소리와 긴장된 얼굴은 감출 수가 없었다.

"아. 이거? 얼마 전에 아티팩트를 구해서 낀 거야. 여자친구는 무슨…."

여자친구가 없다는 칼스타인의 말에 극적으로 표정이 바뀐 성소현은 한껏 밝아진 목소리로 말했다.

"그으래? 호호호호. 그렇구나~ 여자친구가 없구나~ 근데 내일 영화는 볼 수 있어?"

칼스타인은 성소현이 자신에 대해서 가진 마음을 짐작하고 있었다. 아니 볼 수 있었다. 이미 삼목심안으로 그녀의 상태를 확인한 칼스타인은 그녀가 자신을 좋아하고 있음을 알고 있었다.

그리고 그 감정의 정도 또한 자신이 병원에 방문할 때마다 점점 더 커지고 있음을 알았다.

칼스타인은 아직 성소현을 이성으로 좋아한다고까지는 할 수 없었으나, 이런 순수한 감정으로 자신을 보는 여성은 오랜만이었기에 자신을 향한 성소현의 감정이 싫지는 않았다.

다만, 지금은 할 일이 있었다. 바로 마스터가 되는 일이었다.

"음. 좀 곤란해. 당분간 해야 할 일이 있어서 말이야."

"할 일?"

"그래. 일 끝나고 나면 내가 먼저 연락할게."

처음 할 일이 있다는 칼스타인의 말에 자신의 제안을 거절하는 핑계로 생각한 성소현은 다시금 실망한 표정을 지었지만, 일이 끝나면 먼저 연락한다는 말에 그녀는 다시 희망을 찾은 듯한 표정으로 칼스타인에게 대답했다.

"진짜지? 진짜 연락해야해!"

"그래. 그렇게 할게."

칼스타인은 저도 모르게 눈을 빛내며 대답하는 성소현의 머리를 쓰다듬었다. 순수한 자신의 감정을 숨기지 못하는 그녀가 귀여웠기 때문이었다.

갑작스런 칼스타인의 손길에 성소현은 잠시 움찔하였지만, 자신의 머리를 쓰다듬는 칼스타인의 손길이 좋았는지 가만히 그의 어깨로 자신의 머리를 기대었고 칼스타인 역시 그런 그녀의 행동을 말리지는 않았다.

'수혁이도 내가 싫지는 않은가봐… 다행이다…'

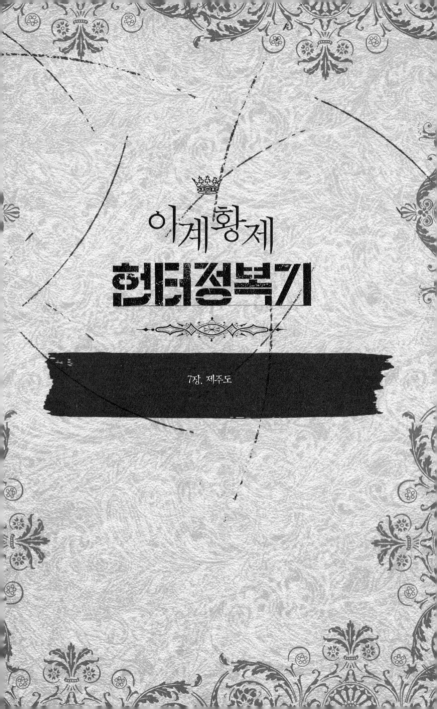

이계황제
헌터정복기

7장. 제주도

7강. 제주도

　검진을 마치고 식사까지 마친 칼스타인은 박정아에게 회사일 때문에 며칠간 집에 들어오지 못한다는 이야기를 전했다.

　사별한 남편 이철주 역시 C급의 헌터로 종종 몬스터 홀에서 며칠에서 몇 주까지의 시간을 보낸 적이 많았기에 박정아는 칼스타인의 말에 고개를 끄덕이며 몸조심하라는 말만 할 뿐이었다.

　간단히 인사를 나눈 후 칼스타인은 집 뒤의 남산에 올랐다. 등산객들이 잘 찾지 않는 공터를 이미 봐둔 칼스타인은 공터에 오른 뒤 셀리나를 소환하였다.

파스스스~!

번개의 화신답게 셀리나는 전격과 함께 나타났다. 검푸른 타이즈를 입은 그녀의 주위에는 여전히 신비로운 푸른 빛의 마나가 아른거렸다.

"와. 오랜만이네요."

셀리나 역시 6개월만에 지구로 온 것이니 오랜만이라는 말이 맞았다.

"위치는 파악해뒀지?"

"네, 제주도뿐만 아니라 주요 좌표를 기점으로 지구 전체의 위치까지 파악해뒀어요."

칼스타인에게 도움이 되어야 한다는 생각에 셀리나는 오래 전부터 이미 그런 기본적인 공부를 마친 상태였다.

"잘 했군. 그럼 본신으로 돌아와 봐."

"네. 오빠!"

칼스타인의 단전에서 대량의 마나가 빠져나가는 것과 함께 셀리나의 몸에서 전격이 튀는 소리가 들렸다.

파지지직~!

조금 전 소환 때 보다 월등히 큰 전격의 방출과 함께, 인간형의 셀리나는 사라지고 10미터 정도의 크기를 가진 번개를 뿜는 푸른 새가 나타나 있었다. 썬더버드 형태의 셀리나의 본신이었다.

[오빠, 준비 다 되었어요.]

셀리나의 심어를 들은 칼스타인은 풀쩍 뛰어 올라 그녀의 목덜미와 등의 사이에 자리를 잡았다.

펄럭펄럭~

칼스티안이 마나를 이용해서 신체를 고정시킨 것을 확인한 셀리나는 양 날개를 휘저어 하늘로 떠올랐다. 처음은 날개를 이용해 날기 시작했지만, 그녀의 속도는 단순한 날개짓에서 나오는 것이 아니었다.

휘젓는 날개뿐만 아니라 셀리나의 전신이 마나와 마나의 결 사이를 미끌어 지면서 그녀의 전신에서 스파크가 튀기 시작했다.

다만, 칼스타인은 셀리나의 기운이 보호를 하고 있어 그런 스파크에도 아무런 영향을 받지 않았다.

어쨌든 마나의 결을 타던 셀리나는 한 번씩의 날개짓을 할 때마다 그 날개와 몸체에서는 커다란 전격이 방출되며 급속히 그녀의 몸은 급격히 가속하기 시작했다.

그렇게 점점 속도가 빨라지더니 어느 순간에 셀리나는 소닉붐을 일으키며 음속을 돌파해 육안으로는 따라가기 힘든 속도로 남쪽으로 사라져 버렸다.

목적지는 조금 전 언급되었던 제주도였다.

초음속으로 비행한 셀리나는 몇 분의 시간이 지나지도 않아 목적지인 제주도, 정확히 말하면 구 제주국제공항이 있던 위치에 도착하였다.

셀리나의 등에서 풀쩍 뛰어내린 칼스타인은 잠시 심호흡을 하며 생각했다.

'흐음. 레드존이라서 그런지 마나의 느낌이 다르군.'

제주도는 구 남한에서 가장 유명한 레드존이었다. 북쪽에 개마고원이 있다면 남쪽엔 제주도가 있다는 말이 돌 정도로 제주도는 한국에서 널리 알려져 있는 레드존이었다.

웬만한 소규모 레드존은 시간이 흐르며 정부나 길드, 협회 등에서 퇴치를 하고 있기에, 유명한 레드존이라는 말은 최소 S급 몬스터가 하나 이상 있다는 의미와도 일맥상통하였다.

S급 몬스터를 잡으려면 철저한 준비를 바탕으로 최소한 명 이상의 S급 헌터가 필요하고 변종의 경우에는 두 명, 세 명까지도 필요하였기에 어지간한 조직에서는 S급 몬스터를 상대하기 힘들었다.

더군다나 S급 몬스터가 있는 레드존이라면 S급 몬스터가 몇 마리나 있을지 모르기에 S급 헌터가 충분히 갖추어지지 않고서는 시도조차 하기 힘든 곳이었다. 그런 레드존에 칼스타인이 온 것이었다.

'단 시간에 마스터에 오르려면 A급 몬스터로는 안 돼. S급 몬스터의 마정석이 필요해.'

칼스타인이 제주도에 온 이유는 하나였다. 바로 S급 몬스터의 마정석을 얻기 위해서였다.

몇 달간 수백마리가 넘는 A급 몬스터 마정석을 흡수하였으나 마스터가 되기에는 부족하였다. 지금과 같은 속도라면 적어도 6개월 많으면 1년 이상의 시간은 더 필요하기에 칼스타인은 특단의 방법을 생각한 것이었다.

'S급 몬스터의 마정석이면 각성 마수에서 나오는 최상급 마정석과 맞먹을 테니 지금의 마나 상태면 적으면 네 개 많아도 일곱 개 정도면 마스터에 필요한 마나를 확보할 수 있을 거야.'

지금 칼스타인의 시스템상 마나능력은 AA등급이었다. AS까지는 어느 정도의 마나가 필요한지는 확신할 수 없지만, 마스터에 필요한 마나량은 정확하게 알고 있었다.

S급 몬스터의 마정석에 담긴 마나에 따라 다르겠지만, S급 몬스터가 헤스티아 대륙에서 각성 마수와 비슷하다면 4개에서 7개면 충분히 마스터에 오를 것이라 확신하고 있었다.

물론 아직 A급에 불과한 칼스타인의 지금 상태로 S급 몬스터를 확실히 이길 수 있을 것이라는 보장은 없었다.

하지만 칼스타인에게는 나름의 계획이 있었다. 그리고 만일의 상황에 대한 대비도 되어 있었다.

'치료 반지를 가져왔으니 제대로 한 번 사냥해 보자.'

그렇게 마음먹은 칼스타인은 폐허가 된 제주 국제 공항의 이곳 저곳에서 자신을 향해 다가오는 몬스터들을 느낄 수 있었다. 다만, 공항 근처는 대형 길드에서 몇 번 소탕 시도를 한 곳이라 그런지 몬스터의 수준은 최대 C급 정도에 불과하였다.

"셀리나!"

제주도에 도착한 이후 다시 인간형으로 돌아온 셀리나는 칼스타인의 말에 육성으로 대답하였다.

"네, 오빠."

"수련의 성과를 보자. 다 쓸어버려."

잘 알려지지는 않았지만 레드존을 공략하는 사냥팀은 몬스터 홀의 오픈을 방지하기 위해서 무분별한 몬스터 사냥은 지양한다.

레드존 속에서 몬스터 홀을 찾아 사냥을 하거나, 재료 등을 위해서 필요한 몬스터만을 사냥하는 방식을 취하였다.

하지만, 지금 칼스타인은 그럴 생각이 없었다.

칼스타인의 말에 따라서 번쩍이는 전격과 함께 사라진 셀리나는 주위의 몬스터들을 처리해 나갔다.

헤스티아 대륙에서의 수련이 헛되지 않았는지 지금 셀리나는 최소한의 마나만을 사용하고 있었다. 굳이 칼스타인이 마나를 보내주지 않아도 될 정도로 적은 마나 소모였다.

주위의 몬스터가 E급에서 C급까지의 저등급 몬스터임을 감안하더라도 장족의 발전임은 분명하였다.

'좋군. 본신으로 돌아가지 않는 이상은 추가적인 마나 소모는 없겠어.'

제주도의 초입이라서 그런지 수십마리의 몬스터를 잡았지만 몬스터 홀의 오픈은 일어나지 않았고, 추가적인 몬스터들 또한 나타나지 않았다.

'정보에 의하면 일단 백록담에는 S급 몬스터가 있는 것이 확실한데… 그 밖에 유력한 곳은 협재 해수욕장과 성산일출봉 그리고 천지연 폭포 쪽이라 했던가…'

칼스타인은 무턱대고 이 제주도에 온 것은 아니었다. S급 몬스터를 사냥하기로 마음먹은 뒤 철저하게 정보를 수집하였다.

성호상회를 통해서 세계 제일의 정보단체라는 미네르바

에서 제주도의 몬스터 분포에 대한 정보까지 구매하였었다.

미네르바의 정보에 의하면 제주도에는 최소 3마리의 S급 몬스터가 있을 것이라고 하였다.

그리고 알려지지 않은 S급 몬스터 홀을 감안한다면 많게는 10마리까지의 S급 몬스터가 있을 수 있다고 추정하였다.

'일단 가까운 협재부터 돌아서 천지연으로 갔다가 성산으로 간 뒤 최종적으로 백록담에 오르는 루트를 타야겠군. 계획대로 된다면 어쩌면 좀 더 손쉽게 잡을 수도 있겠지.'

어차피 목표는 S급 몬스터였기에 중간에 있을 A급 이하의 몬스터 따위는 관심사항이 아니었다.

"가자, 셀리나."

"네, 오빠!"

제주국제공항에서 협재 해수욕장까지는 30킬로미터도 안 되는 짧은 거리였기에 칼스타인은 굳이 셀리나를 타지 않고 직접 움직이기로 하였다.

그 사이에 있는 몬스터들까지 잡으며 드러난 몬스터홀 외에 혹시 있을지도 모르는 숨어있는 몬스터 홀까지다 터트려버릴 계획이었다. 만일 그 몬스터 홀 중에서 S

급 몬스터 홀이 있으면 그것은 그것대로 좋은 일이었다.

콰지직!

콰앙!

푸아악!

칼스타인과 셸리나가 달리는 길은 거침이 없었다. 대부분이 C급이하의 몬스터였고 종종 B급이나 A급의 몬스터들도 나오긴 하였지만 둘은 멈추지 않고 몬스터를 처리한 후 마정석만을 챙기며 빠르게 이동하였다.

이십여분의 시간이 지나자 칼스타인과 셸리나는 협재 해수욕장에 도착할 수 있었다. 당연히 해수욕장에는 사람의 모습은 보이지 않았다.

여기저기 부서져 있는 해수욕장 뒤편의 샤워장과 상가가 당시의 모습을 짐작하게 할 뿐이었다.

'S급 몬스터의 출몰지가 여기라고 했는데… 일단 느껴지는 건 없군.'

미네르바의 정보에 의하면 이곳에서 S급 몬스터 칼바람 거북이 발견 된 적이 있다고 하였다.

칼바람 거북은 이름 그대로 거북이와 흡사한 외형을 한 5미터 정도 크기의 중형 몬스터로, 4족 보행을 하는 단단한 등껍질을 가진 몬스터였다.

다만, 거북이와 다르게 그 움직임은 매우 빨랐고, 그 입에서 뿜어져 나오는 칼바람 브레스는 모든 것을 찢어 버리는 위력을 갖고 있다고 알려졌다.

칼스타인은 셀리나에게 주변 경계를 맡긴 후 바닥에 정좌를 한 채 삼목심안을 펼쳐 주변을 탐색하기 시작했다. 정좌까지 하고 탐색안을 펼치는 것은 좀 더 많은 마나를 투입하여 제대로 된 탐색을 하려는 일환이었다.

A급 이상의 몬스터들은 은신의 기술이나 특기를 가진 경우도 있기에 그런 몬스터를 찾기 위해서는 통상적으로 쓰는 탐지안으로는 찾기 힘들 수 있었다.

'몬스터 홀 안에서는 그냥 코어만 찾으면 끝날 일인데 좀 번거롭군.'

칼스타인의 생각처럼 몬스터 홀 안에서는 아무리 은신의 능력이 있더라도 코어만 찾아서 클로즈를 선택하면 모든 몬스터를 볼 수 있었다. 굳이 이런 과정까지는 필요 없다는 말이었다.

하지만 여기는 레드존이었다. 기이한 마나흐름이 보통의 탐지조차 어렵게 하고 있는 곳이기에 이런 과정이 필요하였다.

퍽! 퍼억~!

옆에 셀리나가 하급 몬스터를 처리하는 동안 칼스타인은 내부로 서서히 침잠해갔다. 삼목심안의 구결로 마나를 퍼트리며 주위에 기감을 펼치고 있었는데 문득 시스템의 메시지가 떠올랐다.

[삼목심안(C)의 이해도와 숙련도가 100%에 도달하였습니다. 승급이 가능한 무공입니다. 승급하시겠습니까?]

'승급? 타고난 이능이 아니라 무공도 승급이 가능한 것이었군.'

보통 기술의 승급은 초능력 계통의 능력자들 사이에서 많이 발생한다고 알려져 있었다. 무투형 능력자의 무공이나 마법형 능력자의 마법은 종류에 따라서 드물게 승급이 되는 경우가 있긴 하였으나, 보통은 승급보다는 구매나 학습을 통해서 새로운 무공이나 마법을 익히는 경우가 월등히 많았다.

'뭐 해준다고 하는데 거부할 필요는 없겠지. 승낙.'

[삼목심안(C)이 백목심안(百目心眼)(B)으로 승급하였습니다.]

승급이라는 말처럼 C급의 삼목심안은 B급의 백목심안으로 바뀌어졌다.

'흐음… 이렇게 된다면 A급 무공 중에서 탐지안을 구매하는 것보다 차라리 이걸 다시 승급시키는 것이 나을

수도 있겠는데?'

또 승급이 된다는 보장은 없었으나 백목(百目)이라는 무공의 이름을 보아서도 천목(千目)이나 만목(萬目)으로 승급할 여지가 많아 보였다.

'어쨌든 한 번 파악해볼까?'

이 정도로 소란을 피웠는데도 S급 몬스터 나타나지 않았다는 말은 지금 이곳에 S급 몬스터가 없을 확률이 높았다.

그렇기에 칼스타인은 이번에 얻은 백목심안의 이해도와 숙련도를 높일 생각을 하고 본격적으로 구결을 파악하기 시작했다.

구결의 수준은 아직 B급이라 그런지 한 번에 이해하기 어려운 수준은 아니었다.

무아지경(無我之境)의 상태에서 백목심안을 완벽히 이해해 낸 칼스타인은 무아지경에서 깨어나 잠시 자신의 상태를 점검하였다.

[기본정보]

이름 : 이수혁, 등급 : AA, 상태 : 정상

카르마포인트 : 6,225,846/6,325,846

[능력정보]

신체능력 : AA, 정신능력 : X(측정불가), 마나능력 : AA

[기술정보 (타입: 무투형)]

혼원무한신공(SS) 71/92, 혼원무한검법(SS) 52/95, 카이테식 검술(S) 78/100, 파르마탄식 체술(S) 68/100, 아리엘라식 검술(S) 72/100, 알테아식 마나수련법(S) 65/100, 리하트식 마나수련법(S) 75/100, ···. , 백목심안(B) 35/100

[귀속정보]

환수 썬더버드[셀리나] (전설)

시스템의 언급대로 삼목심안은 백목심안으로 바뀌어 있었다. 그리고 확실히 이해를 한만큼 이해도는 100%였고, 아직 한 번도 시전하지 않았지만 이해도의 영향을 받아 숙련도 또한 35%의 수치를 기록하고 있었다.

그렇게 자신의 상태를 확인한 칼스타인은 본격적으로 백목심안을 발동하였다.

우우우웅~

마나의 집중과 함께 칼스타인의 몸에서 흰 빛이 발현되더니 그 주변에 동전만한 백개의 마나조각이 그의 몸에서 떠올랐다가 파편처럼 흩어져서 사라졌다.

백목심안에 있는 백목이라는 명칭은 바로 이런 발현 형태 때문인 것 같아보였다.

어쨌든 삼목심안과는 달리 백목심안은 꽤나 넓은 범위의 탐지가 가능하였다. 족히 10킬로미터에는 달하는 탐지범위였다.

하지만 무공의 수준 때문인지 낮은 숙련도 때문인지 탐지 범위 안에 있는 몬스터들의 세부 상황까지는 파악되지 않았다. 몬스터가 가진 마나의 크기와 지금의 감정 상태가 정도가 알 수 있는 전부였다.

'승급이라 그런지 기존의 삼목심안에 있던 감정 파악 능력은 아직 유효하네. 어쨌든 일단 탐지안에 따르면 반경 10킬로미터 안에는 S급 몬스터가 없군.

S급 몬스터의 은신능력이 백목심안의 탐지능력을 벗어났을 가능성도 배제할 수는 없겠지만, 만일 S급 몬스터가 있다면 아직 S급도 안 된 칼스타인이 이렇게 소란을 피우고 있는데 나타나지 않을 이유가 없었다.

"셀리나, 다음 목표는 천지연 폭포다. 정보에 의하면 그곳에서 큰 마나 반응이 나타난 적이 있다는 군."

퍽~!

칼스타인의 말에 잡고 있던 도마뱀 형태 몬스터의 머리를 날려버린 셀리나는 뱃속의 마정석만 꺼낸 뒤 칼스타인에게 대답했다.

"네. 오빠~"

파파파파파!

협재 해수욕장에서 천지연 폭포까지는 직선거리로 30킬로미터가 약간 넘는 정도였다. 방향을 잡은 칼스타인과 셀리나가 천지연 폭포 쪽으로 20여킬로미터 정도 갔을 때 갑자기 전방에서 커다란 마나반응이 느껴졌다.

"피해!"

칼스타인의 말과 함께 셀리나와 칼스타인은 지금껏 달리던 동선에서 훌쩍 뛰어서 좌우로 재빨리 이동하였다.

콰가가가가가~

둘이 이동하자마자 그들이 가는 길의 전방에서는 칼날처럼 소용돌이치는 바람의 기둥이 나타나서 둘이 이동했던 길을 초토화 시켰다. 피하는 것이 조금만 늦었다면 칼날 바람에 휘말릴 뻔하였다.

"나타났다!"

칼스타인은 빠르게 자신에게로 다가오는 몬스터의 마나를 느낄 수 있었다. 느껴지는 압력으로는 분명 S급의 몬스터가 분명하였다.

쿵~ 쿵~ 쿵~

네 다리를 동시에 바닥에 튕기며 마치 물수제비가 날듯 다가오는 몬스터는 미네르바에서 정보를 제공해 주었던 S급 몬스터 칼바람 거북이었다.

미네르바에서는 협재 해수욕장에서 출현하였다고 하였지만, 무슨 이유에서인지 칼바람 거북은 지금 이 자리에 있었다.

"오빠, 칼바람 거북이에요! 어떻게 하실 거에요?"

셀리나 역시 기본적인 공부를 하고 온 상태라 나타난 몬스터의 이름을 알고 있었다.

"음… 위치가 애매해. 일단 천지연 폭포로 간다. 거기서 다른 S급 몬스터가 보이지 않으면 사냥하는 것으로 하자! 여튼 어그로 끄는 건 잊지마. 피하는 것이 아니라 유인하는 것이니 말이야."

"네!"

둘이 대화를 나누는 짧은 시간 동안 칼바람 거북은 전장에 도착하였고, 거북은 도착함과 동시에 길게 목을 빼어 칼스타인을 물어뜯으려 하였다.

하지만 이런 공격에 맞을 칼스타인이 아니었다. 이형환위와도 같은 움직임에 칼바람 거북은 칼스타인을 무는 대신에 윗니와 아랫니를 맞부딪치고 말았다.

캉!

샤삭!

동시에 칼스타인은 검격을 날려 칼바람 거북의 콧잔등을 잘라냈다. 만일 마나만 충분하다면 검강을 드리워 한 번에 목을 잘라내 버릴 수 있겠지만, 잠깐 검기를 일으키는 수준으로는 일수에 칼바람 거북의 방어를 뚫어내고 목을 칠 정도는 되지 않았다.

아무리 검기를 뽑아낸다 하더라도 순간적인 공격으로는 지금처럼 깊지 않은 타격을 주는 것 정도가 한계였다. 그러나 이 정도로도 칼바람 거북을 화나게 하는 데는 충분하였다.

쿠오오오오!

화가 난 칼바람 거북은 셀리나와 칼스타인의 뒤를 쫓아가기 시작했다. 대형 몬스터라면 그 속도가 다소 느릴 것이나 중형 몬스터인 칼바람 거북의 속도는 칼스타인에 못지않았기에 칼스타인은 전력을 다해서 달리고 있었다.

셀리나 역시 그녀가 할 수 있는 최대한의 경공을 펼쳐 칼스타인을 따라서 남동쪽에 있는 천지연 폭포로 향했다.

파파파파파~!

먼지구름이 일어날 정도로 빠르게 달리는 와중에도 셀리나는 가벼운 전격을 쏘아내 지속적으로 칼바람 거북의 신경을 건드렸다.

그것 때문인지 달리면 달릴수록 칼바람 거북의 속도는 점점 빨라졌고 몇 분의 시간이 더 지나자 일행과 칼바람 거북 간에는 그리 멀지 않은 거리만이 남겨졌을 뿐이었다.

"저기다!"

칼스타인의 말처럼 천지연 폭포가 가시거리 안에 들어왔다. 미네르바의 정보에 따르면 저 곳은 S급 몬스터가 있을 확률이 상당히 높은 곳이었다.

전력을 다해서 달린다고 제대로 탐지안을 사용하지 않아 정확하게는 알 수 없었지만, 왠지 모를 큰 마나원천이 존재하는 것 같은 느낌이었다.

그래서 그런지 저 멀리 천지연 폭포가 보이는 순간 칼바람 거북은 급속히 속도를 멈추더니 더 이상 일행을 따라오지 않았다.

파직! 파지직!

셀리나가 칼바람 거북을 향해서 두어차례 전격을 쏘아냈지만 크르렁 거리는 소리만 낼 뿐 아까 전처럼 저돌적으로 돌진하지는 않았다. 칼바람 거북의 그런 모습을 보던 칼스타인이 셀리나에게 말했다.

"확실하군. 천지연 폭포에는 S급 몬스터가 있다. 경계는 하지만 도망치지는 않는 것으로 보아 비슷한 수준임에 틀림없군."

"그럼 싸움을 붙인다면 양패구상할 가능성이 높겠네요."

"그래. 그럴 가능성이 높지. 싸움을 붙이기만 한다면 말이야."

사실 무슨 이유인지 몬스터 홀 내부의 몬스터들은 서로 간에 다툼을 벌이는 일이 없었다. 그렇기 때문에 정확한 사정을 모르는 보통의 능력자나 일반인들은 몬스터 간에는 싸움을 하지 않는다고 알고 있었다.

하지만 그것은 사실이 아니었다. 몬스터 홀을 벗어나 필드로 나온 몬스터, 특히 여러 몬스터 홀이 오픈된 레드존 안의 몬스터는 서로 간에 싸움을 벌이는 일이 종종 목격되었기 때문이었다.

어쩌면 서로 다른 종(種)인 몬스터들 사이에서 싸움이 없는 것이 더 이상한 일이었다.

이런 정보를 토대로 지금 칼스타인은 S급 몬스터 간에 싸움을 붙이려고 계획한 것이었다.

그러나 이성이 없는 하급의 몬스터라면 모를까 나름

대로의 지성을 갖고 있는 S급 몬스터는 누가 이길지 모르는 박빙의 상황에서 섣불리 싸우려 들지 않았다.

그런 몬스터들의 모습에 셀리나는 약간 당황한 말투로 칼스타인에게 물었다.

그녀는 S급 몬스터 간에 싸움을 붙이겠다는 간단한 계획은 들었으나 이렇게 싸우지 않으려는 상황에서는 어떻게 할 지에 대한 이야기는 들은 바가 없었기 때문이었다.

"오빠, 어떡하지요? 이리로 오려고 하지 않는데 말이에요."

"방법이 있으니 넌 일단 칼바람 거북을 멀리 가지 못하도록 어그로만 끌어."

그 말을 끝으로 칼스타인은 천지연 폭포 쪽으로 달려갔다.

"흐음… 오빠는 도대체 무슨 생각인 거지? 뭐 난 오빠가 말한 대로 이 녀석만 잡아두면 되겠지."

파지직~!

셀리나는 다시 한 번 전격을 쏘아내 칼바람 거북을 자극하였지만, 칼바람 거북은 크르렁 거리기만 할 뿐 아직 셀리나를 직접 공격할 생각은 없어보였다.

❖

　그렇게 사라진 칼스타인이 다시 칼바람 거북 앞에 나타난 것은 천지연 폭포 인근에서 사라진지 한 시간도 넘어서였다.

　다만, 칼스타인은 혼자서 돌아온 것이 아니었다. 셀리나의 본신 크기에 맞먹는 붉은 색의 괴조, 불꽃 익룡이 칼스타인의 뒤를 쫓고 있었다.

　만일 천지연 폭포에 있는 S급 몬스터를 자극해서 불러오는 것이라면 십여분도 걸리지 않았을 것인데, 무슨 일이 있었는지 한 시간이나 걸려서 온 것이었다.

　어쨌든 조그맣게 보이던 칼스타인이 점점 가까워지는 것을 보고 반가운 표정을 지으려고 하던 셀리나는 갑작스러운 칼스타인의 행동에 깜짝 놀랄 수밖에 없었다.

　파하학!

　도망치듯 이곳으로 뛰어오던 칼스타인은 갑자기 뒤로 돌아서 불꽃 익룡을 향해서 장력을 내뿜었던 것이었다.

　이 장력은 지금껏 견제 하듯 하는 공격과는 달랐다. 검기 수준, 그것도 한껏 집중되어 있는 마나였던 것이었다.

콰아앙!

칼스타인만 보고 이곳까지 날아왔던 불꽃 익룡은 갑작스러운 상황에 미처 피하지 못하고 가슴팍에 장력을 맞을 수밖에 없었다.

"으음?"

그런 칼스타인의 행동, 정확히 말하면 마나파장에 셀리나는 의아한 표정을 지었다. 지금 칼스타인이 보이는 마나파장은 그의 마나파장과는 달랐기 때문이었다. 하지만 익숙한 마나파장이었다.

잠시 생각을 한 셀리나는 어이없다는 듯 중얼거렸다.

"이건…. 저 놈의 마나 파장이잖아?"

그녀가 말하는 저 놈은 바로 칼바람 거북이었다. 이게 칼스타인의 노림수였다. 마나파장의 변화가 가능한 칼스타인은 지금 칼바람 거북의 마나 파장을 흉내내어 불꽃 익룡을 공격한 것이었다.

그리고 그 공격은 여기서 끝이 아니었다. 불꽃 익룡에게 한 방을 먹이고 칼바람 거북에게 다가온 칼스타인은 이번에는 칼바람 거북을 향해서 검을 빼어들었다.

크라서스 소드에 푸르른 검기를 드리운 칼스타인은 한 시간 동안 이어졌던 셀리나의 어그로에 분노하고 있는 칼바람 거북에게 한 칼을 먹였다.

콰아악!

칼스타인의 검격이 도달한 곳은 칼바람 거북의 왼쪽 뒷발이었다. 몸통은 단단한 등껍질로 덮여져 있었기에 드러나 있던 발을 노렸던 것이었다.

집중한다 하더라도 순간적인 집중 정도로는 S급 몬스터인 칼바람 거북의 단단한 등껍질을 부술 정도는 아니었기에, 지금 당장 칼스타인이 할 수 있는 최선의 일격이었다.

그리고 이 공격은 칼스타인을 따라오던 괴조가 보이던 마나파장을 띠고 있었다.

쿠오오오오!

상처가 얕지는 않았는지 지금껏 셀리나를 보며 크르렁거리던 칼바람 거북은 더 큰 분노를 표출하며 칼스타인을 바라보았다.

하지만 칼바람 거북의 기감에 칼스타인은 보이지 않았다. 반지에 있던 인식 장애 마법을 시전했기 때문이었다. 동시에 셀리나까지 소환 해제 해버려 지금 이곳에는 칼바람 거북과 불꽃 익룡만이 강렬한 존재감을 뿜어내고 있었다.

만일 둘 중 하나라도 없었다면 몬스터의 본능에 따라서 인식장애 마법을 꿰뚫고 칼스타인을 찾아 낼 수 있었을지도 몰랐지만, 지금 이 둘은 서로 상대의 마나파장을 담은 공격에 의해서 한껏 자극된 상태였다.

보통의 상황이라면 서로의 영역을 인정해 주며 피했을 가능성이 높았는데, 지금은 둘 다 각각 셀리나와 칼스타인의 견제공격에 의해서 한껏 분노한 상태였다.

더군다나 마지막의 공격은 분명 서로의 마나파장을 담고 있었다. 칼스타인이 행한 공격이기에 서로가 직접 행한 공격이 아님은 알 수 있었으나 그런 것 따위는 상관없었다.

둘에게는 이미 상대의 마나파장을 가진 공격이라는 인식만이 있을 뿐이었다.

나름의 지성을 가진 몬스터라고는 하지만 인간형 몬스터와 같은 고등지능을 가진 종류의 몬스터가 아니고서야 완전한 지성체라고는 할 수 없었다.

일정 이상의 지능은 있지만 결국은 짐승과도 같은 본능에 좌우 될 뿐이었다.

쿠오오오~!

캐에에엑~!

결국 칼바람 거북과 불꽃 익룡은 서로 하울링을 하며 견제를 하기 시작했고, 칼바람 거북의 칼날 바람 브레스를 시작으로 전투에 들어갔다.

이로서 칼스타인의 계획이 완성된 것이었다.

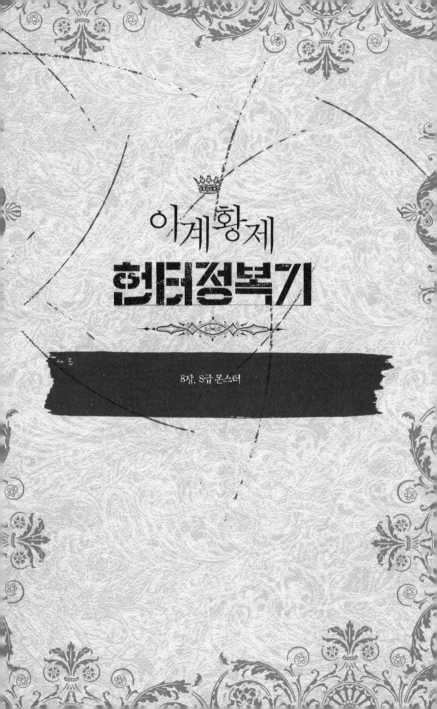

이계황제
헌터정복기

8장. S급 몬스터

8장. S급 몬스터

푸하하학!

칼바람 거북의 칼날 바람 브레스가 불꽃 익룡에게 날아
갔고, 재빨리 날개를 움직여 브레스를 피해낸 불꽃 익룡은
이번에는 자신이 입을 열어 화염 브레스를 내뿜었다.

화르르륵!

불꽃 익룡의 역공에 칼바람 거북 역시 짧은 다리를 바
닥에 튕겨 불꽃 익룡의 브레스를 피해냈다.

콰아아앙~!

동시에 바닥을 박차며 공중으로 뛰어올라 불꽃 익룡을
가격하려 하였으나 당연히 불꽃 익룡은 하늘로 날며 그

공격을 피해 낸 후 브레스가 아닌 날개 바람으로 칼바람 거북을 공격해 냈다.

콰지지직~!

허공에서 바닥에 내려앉은 칼바람 거북은 불꽃 익룡의 바람을 피해내지 못하고 머리와 팔다리를 단단한 등껍질 속으로 넣어 바람을 그대로 받아냈는데 그 바람에 주위의 나무들이 부러지며 바닥을 뒹굴었다.

쿠오오오오!

바람 공격이 끝나자 칼바람 거북은 목을 다시 뺀 후 하늘을 향해 크게 울부짖으며 자신의 분노를 표출하였다.

덩치도 크고 뿜어내는 마나의 양 또한 엄청난 S급 몬스터들의 싸움이라 그런지 지금 이곳은 초토화가 되고 있었다.

주위에 있던 몬스터들 중에서 A급 B급의 몬스터는 이미 다 도망을 친지 오래였고, C급 이하의 몬스터들은 도망치기도 전에 이 둘의 싸움에 휘말려 죽어버린 몬스터들이 태반이었다.

다만, 이 전장에서 오백여 미터 정도 떨어진 곳에서 인식장애마법을 해제한 칼스타인은 셀리나 역시 재소환 한 다음 이들의 싸움을 보고 있었다.

"저는 나름 지능이 있어 섣불리 싸움에 나서지 않는 칼바람 거북을 오빠가 어떻게 싸움 붙일지 궁금했었는데, 마나파장을 변환해서 공격하는 방법이 있었네요."

"말 그대로 나름 지능이 있으니 가능한 방법이지. 인간과 다를바 없는 완전한 지능형 몬스터들에게 통하지 않을 방법이야."

둘이 대화를 나누는 동안 S급 몬스터들 간의 전투는 더 치열해졌다. 하지만 아직 누가 승기를 잡았다고 말할 정도는 아니었다.

언뜻 보면 불꽃 익룡이 더 유리하다고 할 수 있었다. 아무래도 하늘에 떠 있는 불꽃 익룡은 공대지(空對地) 공격이 자유롭기에 하늘을 날 수 없는 칼바람 거북에 비해서 유리한 측면이 많았다.

불꽃 익룡이 조심하는 것은 칼날 바람 브레스 뿐이었다. 날카로운 칼날과도 같은 칼바람 거북의 브레스는 수십미터 상공의 불꽃 익룡이 떠 있는 곳까지 그 위력이 줄지 않았으며 그 속도 또한 경계하지 않는다면 피하기 어려웠다.

그래서 불꽃 익룡은 꼬리에서 화염탄을 쏘아내며 칼바람 거북을 견제하다 칼날 바람 브레스가 뿜어지는 시점에 그것을 회피 기동해 피해내어 자신의 공격을 감행하는 전법을 사용하고 있었다.

문제는 칼바람 거북 또한 호락호락한 몬스터는 아니라는 점이었다. 칼바람 거북 역시 불꽃 익룡의 화염 브레스를 제외한다면 자신에게 그렇게 큰 피해는 없다는 점을 파악하고, 웬만한 공격은 자신의 단단한 등껍질을 믿고 등으로 다 받아내는 중이었다.

케에에엑!

쿠오오오!

전투는 점점 치열해졌지만 아직도 승자는 나오지 않았다. 그 때였다.

콰지직!

칼바람 거북이 브레스를 내뿜는 사이 급속 기동한 불꽃 익룡이 쏜살같이 바닥으로 내려와 뒷다리로 칼바람 거북의 목을 거머쥔 것이었다.

불꽃 익룡의 행동으로 보아 아마 목을 잡고 급속 기동하여 목을 뽑아버리려는 모습 같아 보였다. 만일 목이 뽑히지 않는다면 그대로 하늘로 올라 간 뒤 떨어트리면 그것은 그것대로 효과를 볼 수 있을 것이었다.

하지만 칼바람 거북의 목을 잡자마자 바로 하늘로 올라가려던 불꽃 익룡은 그 뜻을 이루지 못하였다.

으드드득!

칼바람 거북의 목이 기이하게 더 길어지며 꺾이더니

불꽃 익룡 오른쪽 날개의 일부를 뜯어버렸기 때문이었다.

불꽃 익룡이 미처 예상하지 못한 공격이었다. 불의의 일격에 한쪽 날개를 당해버린 불꽃 익룡은 기동력이 크게 감소되었다.

지금까지는 불꽃 익룡이 주도권을 가지고 전투를 해나가고 있었다면 이제 주도권은 바뀌었다.

이제 전투는 땅에서의 이전투구 양상으로 변했기 때문이었다. 그렇게 된 이유는 조금 전 불꽃 익룡의 날개가 당해버린 것에 있었다.

만일 지금 하늘로 날아오른다면 칼바람 거북의 브레스를 피해내기도 힘들 것이라 판단한 불꽃 익룡은 조금 힘들더라도 땅에서 끝장을 내려고 했기 때문이었다.

그러나 하늘이 불꽃 익룡의 영역이듯이 땅은 칼바람 거북의 영역이었다. 불꽃 익룡은 마지막 희망이라 할 수 있는 거머쥔 칼바람 거북의 목을 놓지 않고 자신의 입으로 목을 뜯어내려고 하였지만, 칼바람 거북의 가죽은 생각보다 질겼다.

"오빠, 아무래도 우리가 나서야 할 것 같은데요? 이대로 두면 칼바람 거북이 이길 것 같은데 말이에요. 불꽃 익룡을 조금 도와 줘야 양패구상이 가능할지 않겠어요?"

셀리나의 말처럼 칼스타인의 계획은 양패구상이었다. 지금 칼바람 거북은 다소 피해를 입었지만

"흐음…."

셀리나의 말에도 칼스타인은 바로 나서는 대신 생각에 잠겨있었다. 그런 칼스타인의 반응에 셀리나는 초조해졌지만, 어차피 판단을 내리는 것은 셀리나가 아닌 칼스타인이었다.

한참을 기다려도 말이 없자 셀리나는 다시 한 번 이야기를 꺼내었다.

"오빠, 잘못하다가는 불꽃 익룡이 죽겠어요."

사실 불꽃 익룡이 죽어도 문제는 없었다. 칼바람 거북이 불꽃 익룡의 마정석과 사체를 흡수하기 전 칼바람 거북을 잡아주면 될 것이기 때문이었다.

하지만 조금만 불꽃 익룡을 도와주면 좀 더 편하게 칼바람 거북을 잡을 수 있기에 셀리나는 거듭 칼스타인에게 말할 것이었다.

그런 셀리나의 초조한 반응에 칼스타인은 입을 열었다. 다만, 칼스타인의 말은 셀리나가 기대했던 대답과는 다른 것이었다.

"왔다!"

"뭐가요? 아!"

쿠아아아앙!

칼스타인이 말하는 순간 불꽃 비룡과 칼바람 거북이 싸우는 곳 전장 한 가운데의 지면을 뚫고 또 다른 몬스터가 등장하였다. 바로 십여 미터 크기의 우드 골렘이었다.

보통 골렘류의 몬스터는 그 이름처럼 마법사가 만드는 골렘과 흡사한 몬스터였다. 그리고 그 작명은 몸체가 나무면 우드 골렘, 돌이면 스톤 골렘, 강철이면 아이언 골렘으로 분류되어 불리곤 하였다.

일반적으로 골렘류의 몬스터는 그 크기에 따라서 등급이 달라지는데 보통 10미터가 넘어가면 S급 몬스터의 판정을 받는 경우가 많았다. 그 말인 즉, 지금 이 우드 골렘은 S급 몬스터라는 말이었다.

그렇게 불꽃 비룡과 칼바람 거북이 싸우는 틈을 타 갑작스럽게 바닥에서 솟아난 우드 골렘은 등장하자마자 불꽃 익룡의 남은 날개를 뜯어버렸다.

콰드드득!

케에에엑!

날개가 뜯어지는 고통에 불꽃 익룡은 괴성을 내며 울부짖으며 지금껏 잡고 있던 칼바람 거북의 목마저 놓치고 말았다.

목이 자유로워진 칼바람 거북은 길게 뻗어 나온 목의 길이를 줄여 목을 보호하더니 이윽고 입을 열어 불꽃 익룡에게 칼날 바람 브레스를 날렸다.

쿠오오오!

이미 양 날개가 손상을 입은 불꽃 익룡에게는 치명적인 일격이었다.

칼날 바람 브레스를 그대로 맞은 불꽃 익룡의 가슴은 피투성이가 되었고, 치명적인 일격에 생사를 가늠하기조차 힘든 상황이 되었다.

불꽃 익룡과 칼바람 거북의 싸움은 칼바람 거북이 최종적인 승자가 된 것이었다.

문제는 이곳에 있는 S급 몬스터는 둘 뿐이 아니라는 것이었다. 갑자기 나타난 우드 골렘은 아직 건재하였다.

조금 전 칼바람 거북의 브레스에 몸통의 일부가 뜯겨 나가긴 하였으나 아직은 건재한 상황이라고 할 수 있었다. 그리고 이 우드 골렘은 비록 자신을 주요 타겟을 한 것은 아니었지만 칼바람 거북의 조금 전 공격에 한껏 자극을 받아 있었다.

2차전이 불가피한 상태였다.

"오빠는 우드 골렘이 나타날지 알고 있었어요?"

셀리나는 갑작스러운 우드 골렘의 등장과 함께 급변한 상황에 의아해 하며 칼스타인에게 물었다.

"우드 골렘인지는 몰랐지만 S급 몬스터가 한 마리 더 있을 거라는 건 알고 있었지."

칼스타인의 말을 들은 셀리나는 그제야 뭔가 이해했다는 듯한 소리를 내며 말을 이었다.

"아… 그래서 몬스터를 유인해 올 때까지 그렇게 시간이 걸린 거였구나… 그럼 저 불꽃 익룡은 성산일출봉 쪽에서 데려온 몬스터가 맞죠?"

만일 칼스타인이 지척에 있는 천지인 폭포에서 불꽃 익룡을 유인해 왔다면 조금 전처럼 그렇게 오랜 시간이 걸릴 이유가 없었다.

"그래, 처음에는 백록담에 있는 몬스터까지 유인하려고 했지만, 두 마리를 동시에 끌고 오는 것은 힘들 것이라 판단해서 한 마리만 데리고 온 거지."

"그렇구나… 그러니까 오빠 계획은 두 마리가 싸우는 것에 자극 받은 나머지 한 마리가 나타날 것이라 생각했던 거죠?"

"어차피 S급 몬스터 간의 싸움이니 분명 그 여파는 크게 미칠 것이고, 근처에 있는 다른 몬스터가 자극 받을 가능성은 높겠지. 저길 봐. 우드 골렘의 표면이 많이 그슬려 있지? 아마 칼바람 거북이 피한 불꽃 익룡의 화염 브레스에 맞고 저렇게 된 걸 거야."

칼스타인의 말처럼 이곳에 등장한 뒤 우드 골렘은 화염 공격을 당한 적은 없었지만 그 표면은 상당히 그슬려 있었다.

아마 나타나자마자 불꽃 익룡을 공격했던 이유도 여기에 있었던 것 같았다.

그렇게 칼스타인과 셀리나가 대화를 하는 동안 칼바람 거북과 우드 골렘의 대결은 치열해져 있었다.

쾅쾅쾅쾅!

까드득!

상성만 놓고 봐서는 칼바람 거북이 우위에 있었는데 칼바람 거북은 이미 불꽃 익룡과의 전투에서 상당한 마나를 소모하여 지친 상태였다.

그 단적인 예로 칼바람 거북은 칼날 바람 브레스조차 제대로 뿜어내지 못하고 있었다.

반면 우드 골렘은 몇 차례의 타격은 받았지만 아직 마나가 충만한 상태였다. 그렇기에 한껏 마나를 드리운 나무팔로 칼바람 거북의 등껍질을 부수어 나가고 있었다. 전투의 흐름은 점점 우드 골렘에게 흐르고 있었다.

그렇게 한 시간여의 시간이 지나 칼바람 거북의 등껍

질이 부서질 때였다. 지금까지 오백여미터 후방에서 둘의 전투를 가만히 지켜보고 있던 칼스타인이 나섰다.

파파파팍!

번개처럼 우드 골렘의 뒤쪽으로 접근한 칼스타인은 지금껏 벼루고 벼루었던 검기 가득한 자신의 검을 우드 골렘의 등 하단에 찔러 넣었다. 인간으로 치자면 허리 쪽이라 할 수 있었다.

하필 이곳을 노린 것은 이곳이 우드 골렘의 핵이 위치한 곳이기 때문이었다. 칼바람 거북과 우드 골렘이 싸우는 동안 백목심안에 침잠(沈潛)하여 그들의 마나 흐름을 면밀히 분석한 결과 칼스타인은 우드 골렘의 핵을 찾을 수 있었다.

그리고 인식장애마법까지 사용한 뒤 극도로 집중하여 제대로 된 검기, 그것도 대량의 마나를 동원한 검기를 통해서 우드골렘의 방어를 뚫어내어 그 핵까지 피해를 주었던 것이었다.

캬아아아악!

이제 곧 칼바람 거북을 끝장내려고 했던 우드 골렘은 뜻밖의 공격에 칼바람 거북을 마무리 하지도 못하고 고통스러운 괴성만을 질렀다. 그 정도로 치명적인 일격이었다.

그 때 살기를 포기하고 있던 칼바람 거북도 마지막 힘을 다하여 우드 골렘에게 칼날 바람 브레스를 쏘아내었다. 이판사판의 일격이었다.

콰콰콰콰콰콰!

콰지지직!

온 힘을 다한 칼바람 거북은 브레스를 사용한 끝에 피까지 토하며 그 자리에 쓰러졌고, 우드 골렘은 이 브레스를 피하지 못하고 직격 당하고 말았다.

그것은 보통 골렘형 몬스터는 평범한 고통에는 둔감한 편이나 자신의 핵이 조금이라 상처를 입으면 엄청난 고통과 충격을 받았다. 따라서, 이 우드 골렘 역시 조금 전 칼스타인이 자신의 핵에 큰 상처를 입히는 바람에 칼바람 거북의 브레스를 피할 수 없었던 것이었다.

"호오, 거북이 녀석이 끝까지 도와주는군."

치명타를 입긴 하였지만 아직 죽을 지경까지는 아니었던 우드 골렘 정도는 자신이 오롯이 처치하려 하였는데, 생각지도 않았던 칼바람 거북의 브레스에 지금 우드 골렘 역시 거의 빈사상태가 되고 말았다.

결국 지금 칼스타인의 앞에는 세 마리의 S급 몬스터가 빈사상태로 놓여져 있는 것이었다.

"일단 마무리는 해야지."

세 마리의 S급 몬스터들은 모두 대항할 힘을 잃은 상태였다. 그나마 등껍질이 깨어진 채 버둥거리는 칼바람 거북은 칼스타인이 다가옴에 따라 머리를 길게 뽑아서 크르렁 거리고는 있었으나 브레스 한 번 뽑기 힘든 상태였고, 불꽃 익룡은 날개가 꺾인 채 바닥에서 버둥거릴 따름이었다.

마지막 우드 골렘 역시 핵이 거의 파손되어 간신히 기동하는 정도였다.

휘익~ 쉭~ 콰지직!

칼스타인은 간단한 세 번의 칼질로 세 마리 S급 몬스터들을 다 처리하였고, 조금 더 손을 놀려 몸통 안의 마정석까지 끄집어내었다.

S급 몬스터라서 그런지 마정석의 크기는 웬만한 몬스터 홀의 코어보다도 더 컸다.

'이것이군. 그런데 생각보다 마나량이 많은데?'

칼스타인은 애초에 최소 네 개의 S급 마정석은 있어야 마스터가 될 수 있다고 생각했기 때문에 지금의 마정석으로는 부족할 것이라 생각했었다.

그래서 세 개의 S급 마정석을 흡수한 뒤 백록담에 있는 또 다른 S급 몬스터까지는 잡아 마정석을 흡수하여야 마스터가 될 것이라 추정하였는데, 각각의 마정석에 담긴 마나량이 그의 생각보다 많았다.

'흐음… 이 세 마정석에 제주도에서 잡았던 잡다한 몬스터들의 마정석까지 합치면 간당간당하게 될 것도 같은데….'

판단이 선 이상 더 이상 망설일 것은 없었다. 결심을 굳힌 칼스타인은 공간압축주머니에 몬스터의 사체를 수습하고 있는 셀리나에게 말했다.

"셀리나 주변을 경계해. 마스터로 승급해야겠다."

주변의 S급 몬스터들을 다 처리한 이상 지금 주위에 셀리나가 상대하지 못할 몬스터는 없었다. 그리고 조금 전 세 마리의 S급 몬스터들이 싸우면서 대부분의 몬스터들은 도망치거나 소멸되어 버린 상태였다.

위험이 될 만한 요인은 없었으나 만일의 상황을 대비하여 칼스타인은 셀리나에게 경계를 명하였다.

보통 마스터의 경지에 오르는 것은 극에 달한 수련을 통해서 한계에 다다랐을 때 불현 듯 찾아오는 깨달음으로 이루는 경우가 대부분이었다.

즉, 마스터가 되는 시점을 선택할 수는 없다는 말이었다. 하지만, 칼스타인은 모든 길을 알고 있는 상태에서 단지 마나만이 부족했기에 마나만 갖춘다면 자신이 원하는 장소, 원하는 시점에서 마스터가 될 수 있었다.

그렇기 때문에 이런 판단이 가능했던 것이었다.

다만, 칼스타인의 말에 셀리나는 약간 의아한 표정을 지으며 질문을 던졌다.

"네? 말씀대로라면 S급 마정석이 최소 하나는 더 필요하지 않나요?"

이미 셀리나는 칼스타인에게서 최소 4개 정도의 마정석이 필요한 것이라 이야기를 들었기에 마정석의 개수에 대한 의문을 말한 것이었다.

"S급 마정석이 생각보다 마나량이 많아. 여기까지 오면서 모은 잡다한 마정석들을 합치면 아슬아슬하게 될 것 같아."

마스터가 되는데 필요한 마나량을 정확하게 아는 칼스타인이기에 아슬아슬하다고 말하고는 있지만 마스터가 되는 것에는 문제가 없을 것이었다.

그 말을 마친 칼스타인은 S급 몬스터들이 싸움을 벌인 전장에서 조금 떨어진 공터에 자리를 잡았다.

자리를 잡은 칼스타인은 세 개의 S급 마정석을 포함한 수백개의 잡다한 마정석을 자신의 주위에 흩뿌렸다.

다만, S급 마정석을 제외한 다른 마정석들은 개수만 많았지 그 속의 모든 마나를 합치더라도 S급 마정석 하나가 가진 마나에도 훨씬 미치지 못하는 수준이었다.

하지만 그것으로 충분하였다. 자신의 주변에 마정석을 모두 깔아놓고 가부좌를 틀고 앉은 칼스타인은 자신의 의념으로 주변의 모든 마정석을 일거에 박살내었다.

파직~ 파지직~ 파지지지직~~!

마정석이 박살나며 그 속에 담겨 있던 엄청난 마나가 대기 중으로 퍼지기 시작하였다.

마나가 완전히 대기로 흩어지기 전에 칼스타인은 고도로 정련된 정신력으로 혼원무한신공의 연단결을 펼쳐 자신의 주위에 흐르고 있는 마나를 의념으로 장악하기 시작했다.

이후 칼스타인은 의념으로 장악한 마나를 연단결에 따라서 자신의 내부로 흡수하였고, 내부를 가득 채운 마나를 느끼며 점점 더 빠르게 연단결을 돌리기 시작했다.

얼마의 시간이 지났을까. 칼스타인의 내부 마나로드는 거센 마나의 물결에 다 개통이 되어 있었고, 남은 것은 머리 쪽에 위치한 천문(天門) 뿐이었다.

천문만 뚫어내면 마스터의 마나로드를 가질 수 있게 되는 것이었다.

일반적으로 마스터에 오르려면 심기체(心氣體)의 세 가지가 갖추어져야 한다. 심은 마스터로서의 정신력과 깨달음을 의미하는 것이었고, 기는 검기를 발현할 수 있는 마나로드와 마나량을 갖추는 것, 체는 검기 발현하고 그에 따른 반동을 견딜 수 있는 몸을 갖추는 것을 의미하는 것이었다.

이 중 칼스타인에게 모자랐던 것은 기(氣)부분이었다. 정신력은 이미 마스터를 훌쩍 뛰어넘은 상태였고, 몸 또한 최초 이수혁의 몸을 되살리며 마스터에 못지않은 몸 상태를 갖고 있었다.

하지만 마나는 너무도 부족한 상태였기에 그간 마나 회복에만 집중했던 것이었다.

막혀있던 마나로드를 차근차근 뚫어내던 날카롭게 정련된 마나는 이내 머리 쪽에 위치하고 있는 천문(天門)에 도달하였다.

보통은 무의식중에 얻은 깨달음이 내부의 마나로 천문의 벽을 뚫어내도록 하지만, 칼스타인은 그럴 필요가 없었다.

의식적으로 마나를 운용하여 천문의 벽을 뚫어낼 수 있었기 때문이었다.

콰앙~!

밖으로 소리나 나오지 않았지만, 칼스타인은 내부의 충격음을 느낄 수 있었다. 지금껏 그를 괴롭혔던 천문의 벽이 뚫리는 소리였다.

그렇게 마스터의 마나로드를 갖추게 된 칼스타인은 수 차례 수십 차례 혼원무한신공의 연공법에 따라 마나를 돌리며 환골탈태 후 그 동안 신체에 쌓였던 노폐물들을 배출하였다.

다만, 환골탈태를 한지 얼마 되지 않아 노폐물은 그리 많지 않았다.

"휴우~"

이제 완전히 마스터에 오른 칼스타인은 나직이 한숨을 내쉬며 자신의 상태를 점검하였다.

[기본정보]

이름 : 이수혁, 등급 : SF, 상태 : 정상

카르마포인트 : 8,054,625/8,154,625

[능력정보]

신체능력 : SF, 정신능력 : X(측정불가), 마나능력 : SF

[기술정보 (타입: 무투형)]

혼원무한신공(SS) 80/92, 혼원무한검법(SS) 62/95, 카이테식 검술(S) 79/100, 파르마탄식 체술(S) 71/100, 아리엘라식 검술(S) 73/100, 알테아식 마나수련법(S) 66/100, 리하트식 마나수련법(S) 78/100, …, 백목심안

(B) 45/100

[귀속정보]

환수 썬더버드[셀리나] (전설)

마스터에 오르면서 상태창 역시 바뀐 부분이 많았다. 기본정보의 등급 및 능력정보의 등급의 첫 문자가 모두 S로 바뀌어 있었다.

다만, 빠듯한 마나로 승급을 해서 그런지 등급은 SF에 불과하였다. 하지만 S등급, 즉 마스터가 되었다는 말은 지금까지의 제약이 상당부분 풀렸다는 것을 의미하였다.

그것은 마나의 집중을 통해서 순간적으로는 검강까지의 위력을 보일 수 있었기에 같은 마스터 급과 싸워서는 절대 질 이유가 없다는 뜻과도 일맥상통하였다.

다만, 아직은 마나량이 매우 적었기에 검강 수준의 공격을 하려면 가진 마나의 상당부분을 사용해야하기에 그 공격을 자유로이 할 수 있을 정도는 아니었다.

'어쨌든 이제 마스터 급 따위에게 밀릴 이유는 없겠군. 음?'

천천히 상태 정보를 살피던 칼스타인의 눈에 상태창의 하단부에 지금까지 보이지 않았던 특이한 문구가 들어왔다.

[S등급 달성에 따라 차후 지구방어 대전에 소환됨을 알려드립니다.]

'지구방어 대전?'

칼스타인은 의아해 했지만 시스템의 정보는 지구방어 대전이라는 문구 외에는 다른 정보에 대해서는 전혀 언급하지 않고 있었다.

'음… 지금으로서는 알 수 없으니 나중에 성호상회를 통해 미네르바에 문의를 넣어야겠군.'

사실 미네르바는 아무와 거래하지는 않았다. 세계 제일의 정보 조직답게 미네르바에게 정보를 사기 위해서는 구매자 역시 정보를 제공하여야 했다.

정확히 말하자면 구매자가 하나의 정보를 미네르바에 판매하면 동급의 정보 세 개를 구매할 권리를 주었다.

즉, A급 정보를 판매하면 A급 정보 세 개를 구매할 권리, B급 정보를 판매하면 B급 정보 세 개를 구매할 권리를 주는 식이었다.

만일 판매한 권리보다 하급의 정보를 구매하려면 상급 정보 1개에 하급정보 3개의 권리를 인정해 주었다. 다만, 그 반대의 경우는 인정하지 않았다.

결국 정보가 없는 자는 정보를 살수도 없었다. C급 이하의 하급 정보는 비싼 비용을 지급하고 구매를 할 수 있었지만, B급 이상의 정보는 구매 권리가 없으면 절대 구매할 수 없었다.

그렇기에 칼스타인이 아무런 정보를 제공하지 않는다면 미네르바에서 정보를 얻을 수도 없었다.

하지만 칼스타인은 성호상회라는 끈이 있었다. 성호상회는 미네르바와 이미 거래를 하고 있었고, 정보 구매 권리 역시 가지고 있었다.

그리고 칼스타인은 그 성호상회와 밀접한 관계를 가지고 있었기에 그를 통해서 정보를 얻을 수가 있었다. 이번 제주도에 관한 세부 정보를 성호상회를 통해서 얻을 수 있었던 것이었다.

'성호상회에서 나한테 뭘 기대하는지는 모르겠지만, 오히려 길드보다 지원해주는 것이 더 많단 말이야. 일단은 적극적으로 이용해 주지.'

물론 정보비 150억은 칼스타인이 지급했으나 칼스타인의 부탁을 들어주느라 성호상회는 B급 정보 한 개를 구매할 권리를 사용했던 것이었다.

칼스타인의 생각대로 성호상회는 그에게 확실히 큰 호의를 보여주고 있었다. 그렇기에 칼스타인은 이번에도 성호상회를 통해서 정보를 얻을 생각을 하고 있었다.

그렇게 생각을 정리한 칼스타인이 가부좌를 풀고 일어서자 지금껏 호법을 서던 셀리나가 말을 건넸다.

"오빠, 이제 끝난 거에요? 마스터가 되신 거에요?"

"그래, 너도 느껴질 텐데?"

"네, 지금까지는 마나의 흐름이 상당히 제한적이었는데, 이제는 제가 가진 힘의 대부분을 발현해 낼 수 있을 것 같아요."

지금까지 지구에서 셀리나는 자신이 가진 힘의 반도 채 활용하지 못하였다. 그래서 홍의신녀 한설아와 대결에서 그렇게 허무하게 패배했던 것이었다.

이제 칼스타인이 마스터에 올라 그녀 역시 자신의 힘을 제대로 쓸 수 있을 것이기에 과거와 같은 그런 허무한 패배는 당하지 않을 것이었다.

"잘 되었군."

"그럼 이제 서울로 다시 올라가는 거에요?"

마스터가 됨으로 칼스타인이 제주도에서 이뤄야 할 것은 모두 이루었다. 하지만 칼스타인은 바로 서울로 돌아가는 대신 어디론가 시선을 돌렸다.

"아니, 제주도에서 마지막으로 할 일이 있어."

칼스타인의 시선이 향하는 곳은 바로 한라산의 꼭대기 백록담이었다.

'마스터가 된 기념으로 S급 몬스터 한 마리는 온전히 잡아봐야지.'

물론 앞서 세 마리의 S급 몬스터는 잡긴 하였지만, 그것은 계획된 어부지리였지 스스로의 능력으로 처리한 것은 아니었다.

'다른 놈들과는 다르게 확실히 있다고 판명이 난 놈이니 저 곳에 있겠지. 청룡이라고 했으니 아마 그걸 얻을 수 있겠군.'

미네르바의 정보에 의하면 제주도의 다른 S급 몬스터들은 존재할 것으로 추정된다고 하였으나 백록담의 청룡은 분명히 존재하고 있다고 하였다.

위성에도 종종 청룡의 사진이 확인되고 있었고, 미네르바에서 실시하는 알려져 있는 S급 몬스터 전수조사에도 벌써 몇 년째 빠지지 않고 청룡은 그 존재가 확인되고 있다 하였다.

즉, 청룡이 백록담에 있을 가능성은 매우 높았다.

그런 생각과 함께 칼스타인은 빠르게 백록담으로 뛰어갔다. 마스터에 오른 마나와 육체는 이동 속도 또한 전과는 비교할 수 없을 정도로 빠르게 하였기에 움직인 지 몇 분도 채 되지 않아 칼스타인은 백록담을 내려다보는 한라산 꼭대기에 자리할 수 있었다.

한라산의 꼭대기에서 빠르게 육안으로 백록담을 살폈지만 칼스타인은 청룡의 존재를 느낄 수가 없었다. 약간의 마나를 돋워 백록담 내부까지 확인하였지만 여전히 청룡은 없는 것 같았다.

'음… 바로 보일 줄 알았는데 자리를 비운 건가?'

미네르바에서 확신하는 정보이기에 이곳에 오면 바로 청룡을 확인 할 수 있으리라 생각했는데 청룡이 보이지 않아 칼스타인은 약간의 실망을 하고 있었다. 그 때 하늘 위에서 엄청난 괴성이 들려왔다.

쿠워어어어어어!

그 소리에 하늘을 바라보니 그곳에서는 여의주를 든 푸른 용 한 마리가 있었다. 서양식의 드래곤이 아니라 동양에서 주로 언급되는 긴 몸통을 가지고 있는 용이었다.

20여미터에 가까운 길이의 푸른 용은 구름 속에서 미끌어 지듯이 백록담 쪽으로 내려오고 있었다.

"오. 저기 있었군. 셀리나, 이번에는 넌 나서지 마. 이 녀석은 내가 혼자서 사냥할 테니 말이야. 차라리 소환 해제하는 것이 낫겠군. 잠깐 들어가 있어."

어차피 셀리나를 사용하지 않을 것이라면 소환을 해제하는 방법이 나았다. 괜히 청룡이 셀리나를 노리고 든다면 셀리나 역시 공방에 나서지 않을 수 없었다. 결국 확실하게 하기 위해서 소환해제를 하는 것이 더 나은 선택이었다.

그렇게 셀리나를 소환 해제하는 동안 청룡 또한 칼스타인을 발견하였다. 칼스타인을 확인한 청룡은 맛있는 먹이를 발견했다는 모습으로 한 번 더 하늘을 향해서 크게 울부짖었다.

쿠어어어~!

용의 울음, 용음(龍音)은 드래곤 피어와 마찬가지로 이 소리를 듣는 자들에게 공포감을 심어주고 심지어는 미쳐버리게 만들 수도 있는 울음이었다.

하지만 이미 마스터에 오른 칼스타인에게는 조금 전 하늘에서의 울음도, 지금 바로 앞에서의 울음도 아무런 영향을 미치지 못하였다.

설령 마스터에 오르지 못했다 하더라도 칼스타인의 정신력이라면 이 정도 용음에는 아무런 영향을 받지 않았을 것이었다.

"시끄러워!"

용음을 내뱉는 청룡을 향해서 칼스타인은 가볍게 주먹만한 크기의 검환(劍丸)을 쏘아내었다.

칼스타인의 행동은 가벼웠지만 검기를 응축하여 만들어진 검환은 가공할만한 파괴력을 갖고 있었다. 그리고 당연하게도 그 속도 또한 번개처럼 빨랐다.

콰앙!

검환은 청룡의 몸통 쪽에 직격하며 굉음을 내었는데 청룡 역시 호락호락하지는 않았다. 튼튼한 마나 실드가 칼스타인의 검환을 막아낸 것이었다.

큰 피해는 없었지만 칼스타인에게 일격을 맞은 청룡은 이번에는 자기 차례라는 듯 여의주에서 빛을 발하더니 엄청난 두께의 번개 줄기를 칼스타인에게 쏘아내었다.

파지지지직!

어쩌면 A급이었다면 피하지 못했을지도 모를 속도였다. 하지만 지금 칼스타인은 A급이 아니었다.

어렵지 않게 번개 줄기를 피해낸 칼스타인은 내심 안도의 한숨을 내쉬었다.

'역시, 용족이라 이거지? A급일 때 이놈을 상대하려 했다면 고전을 면치 못했겠어.'

느껴지는 마나량만 해도 지금 청룡은 아까 전 만났던 S급 몬스터들에 비해 한수 위의 마나량을 갖고 있었다. 통상적으로 용족 몬스터들은 무슨 이유인지 동급의 몬스터에 비해서 더 강한 힘과 마나를 가지고 있었다.

당연하게도 이 청룡 역시 보통의 S급 몬스터와는 달랐다. 그래서 미네르바에서도 이 청룡을 요주의 몬스터로 분류하고 있었다.

칼스타인은 세 개의 S급 마정석을 흡수하고도 마스터에 오르지 못하면 이 청룡을 잡아서 마스터가 되려고 하였는데 지금 청룡의 방어력이나 공격력을 보았을 때 자칫 잘못하면 도주를 선택했어야 했을 정도로 청룡의 무력은 생각보다 월등하였다.

어쨌든 청룡의 번개를 피해낸 칼스타인은 빠르게 청룡에게 접근하여 혼원무한검법의 참자결(斬字結)로 검격을 날렸다.

쾅!

마나 실드가 멀쩡한 청룡은 참자결의 공격에도 아무런 피해를 입지 않았다. 그리고 칼스타인 역시 이 사실을 알고 있었기에 공격은 그것으로 끝나지 않았다.

쾅쾅쾅쾅쾅!

연자결(聯字結)로 검세를 전환한 칼스타인은 마나 실드의 한 곳을 노려서 찰나지간에 십수 차례의 공격을 넣었다.

찌지지직!

순간적으로 폭발한 공격에 청룡의 마나 실드 역시 멀쩡하지는 않았다. 마나 실드가 깨어지려는 것을 느낀 청룡 또한 다시금 여의주에서 빛을 발하며 마법 공격을 펼치기 시작했다.

파지지지지지지지직!

이번에도 번개 공격이었는데 칼스타인이 피해낸 것을 보았는지 단발성의 공격이 아닌 하늘을 뒤덮는 체인 라이트닝의 공격이었다.

"하압!"

체인 라이트닝을 목격한 칼스타인은 손에 든 검을 빠르게 회전시키며 자신의 주위에 검막을 시전하였다.

호신강기로도 방어할 수 있었으나 호신강기로 이 공격을 막아내기 위해서는 더 많은 마나가 필요하였기에, 불필요한 마나의 소모를 줄이기 위해서 칼스타인이 선택한 방법이었다.

체인라이트닝은 삼십여초 동안 지속되었고, 체인 라이트닝이 걷히기 직전 칼스타인은 검막을 거두고 호신강기로 체인라이트닝을 받으며 일점격(一點擊)의 공격으로 청룡의 목을 찔러갔다.

콰직!

지금까지 수십차례의 공격을 하여 생긴 마나 실드 틈으로 일점격이 작렬하였고, 일점격은 마나실드를 뚫어냈을 뿐만 아니라 청룡의 목까지 뚫고 들어갔다. 칼스타인 공격한 곳은 바로 용의 역린(逆鱗)이 있는 부분이었다.

쿠에에엑!

역린을 맞은 청룡은 지금까지 피어의 수십배는 큰 목소리로 울음을 터뜨렸다. 일반인, 아니 하급의 능력자라도 근처에 있었다면 고막이 터지고 뇌가 녹아버렸을 정도의 압도적인 마나파장을 가진 울음이었다.

동시에 여의주에서 엄청난 빛이 발하더니 사방이 백색의 번개로 가득 차 버렸다.

파지지지직!

대략 3분여 동안 지속된 번개에 백록담의 물 상당량이 증발되어 버렸고 주위의 초목은 대부분 불에 타서 흉한 모습만을 보여줄 뿐이었다.

그런 번개를 뿜어내고도 아직 고통과 분노가 가라앉지 않았는지 청룡의 몸에는 얇은 번개 줄기가 지직거리는 스파크를 튕기며 사라지지 않고 있었다.

사방에 백열하는 번개줄기를 뿜어낸 청룡은 분노가 담긴 눈으로 주변을 살피며 자신의 역린을 공격한 칼스타인을 찾았다.

하지만 칼스타인의 모습은 보이지 않았고, 조금 전 자신의 번개에 녹아버렸을 것이라 생각한 청룡은 그제야 분노를 거두며 다시 원래의 보금자리인 백록담으로 돌아가려고 하였다. 그 때였다.

"하압!"

콰지직!

외마디 기합성과 함께 허공에 있던 칼스타인은 청룡에 머리 위에 내려서며 청룡의 두개골을 한 번에 꿰뚫어버렸다.

S급 몬스터, 그 중에서도 용족 몬스터의 방어막을 가르고 그 단단하다는 두개골까지 한 번에 뚫어낼 공격이라면 검강 밖에 없었다.

아무리 용족이라도 S급을 능가하는 SS급이 되지 않은 이상은 검강을 버텨낼 수는 없었다.

그래도 용족이라고 뇌까지 뚫렸음에도 잠시 버둥거리며 칼스타인을 떨쳐내려 하였는데, 칼스타인이 좀 더 많은 마나를 주입하여 뇌를 곤죽으로 만들어 버리자 용족이라 하더라도 더 이상 버틸 수는 없었다.

쿠웅~!

두개골이 꿰뚫려 검강에 뇌가 녹아버린 청룡은 힘도 쓰지 못하고 바닥으로 떨어져 먼지만을 일으킬 뿐이었다.

사실 정상적으로 싸웠다면 아무리 칼스타인이 검강을 사용할 수 있다 하더라도 이렇게 쉽게 당할 청룡이 아니었다.

하지만, 청룡은 역린이 당하며 고통과 분노에 가득차서 제대로 된 탐색을 하지 못했으며, 설령 칼스타인이 그 번개 줄기에서 살아남았다 하더라도 자신의 마나방어를 한 번에 뚫어낼 공격이 들어오리라고는 생각하지 않고 방심하던 청룡은 어이없이 일수에 목숨을 잃고 말았다.

바닥에 떨어진 청룡의 머리에서 검을 뽑아내지 않은 칼스타인은 잠시 체내의 마나를 가늠하며 생각했다.

'흠… 지금의 마나로는 보통 세 번, 순간적으로 나눠서 쓴다고 생각해도 대여섯 번 정도가 한계겠군.'

마스터의 마나로 그랜드마스터나 사용할 수 있는 검강을 뿌리는 것이다 보니 당연히 사용에는 제한이 있을 수밖에 없었다.

하지만 그 제한은 생각했던 것보다는 컸다. A급 헌터일 때는 그래도 나눠 쓰면 수십차례 정도의 검기는 사용할 수 있었는데, 검강은 소모되는 마나가 월등히 커서 횟수가 매우 제한되어 있기에 사용에 다소 조심할 필요가 있었다.

물론 마나의 양이 늘어나면서 검강의 사용가능 횟수역시 늘어날 테지만 일단은 사용가능 횟수를 염두에 두어야 했다.

그렇게 생각을 정리한 칼스타인은 이미 시체가 된 청룡을 살폈다. 일반적으로 용족의 사체는 다른 몬스터들에 비해서 좀 더 고가로 분류되었다.

혹자는 강한만큼 더 비싼 것 아니냐고 하였지만, 몬스터의 무력과 가격은 전혀 별개의 이야기였다. 용족의 사체가 비싼 것은 당연히 그 쓸모가 더 많기 때문이었다. 특히, S급 용족 몬스터의 경우는 희귀한 만큼 당연히 그 가격은 더 비쌀 수밖에 없었다.

그 중에서도 칼스타인이 관심있게 보는 것은 청룡의 오른손에 들려있던 직경 2미터 정도 여의주였다.

다른 부위들도 쓰임새가 많았지만 용족의 백미는 여의주였다. 그래서 드래곤에게는 드래곤 하트가 있다면, 용족에게는 여의주가 있다는 말까지 있었다.

'저걸로 협상이 되려나? 미네르바에 의하면 그래도 여의주는 마법사들에게 먹히는 품목이라고 하니….'

정보에 따르면 여의주는 마법증폭력이 있어 S급의 용족의 여의주는 보통 희귀급의 아티팩트와도 맞먹는 마법증폭력을 보여준다고 하였다.

'만일 제주도가 아니었으면 이미 잡혔을 놈이지.'

그런 용족이 지금까지 살아남을 수 있었던 것은 단 하나의 이유뿐이었다. 아티팩트도 얻을 수 없는 필드에서, 그것도 대형 레드존인 제주도에서 고작 희귀급 아티팩트와 비슷한 효율의 여의주를 얻기 위해, S급 몬스터를 잡는 위험을 감수할 정도로 매력적이지 않다는 이유였다.

만일 SS급의 여의주라면 모를까 S급의 여의주는 영웅이나 전설급 아티팩트와 비교하긴 힘들었다.

그런 상황에서 굳이 이 여의주를 얻고자 몇 마리의 S급 몬스터가 있을지도 모르는 제주도를 공략하러 오는 것은 수지가 맞지 않는 일이었다.

'뭐 그 덕분에 내가 얻을 수 있었지. 어쨌든 협상을 해보긴 해봐야겠어. 안되면 결국 영혼 포인트를 빨리 모으는 길 밖이겠지.'

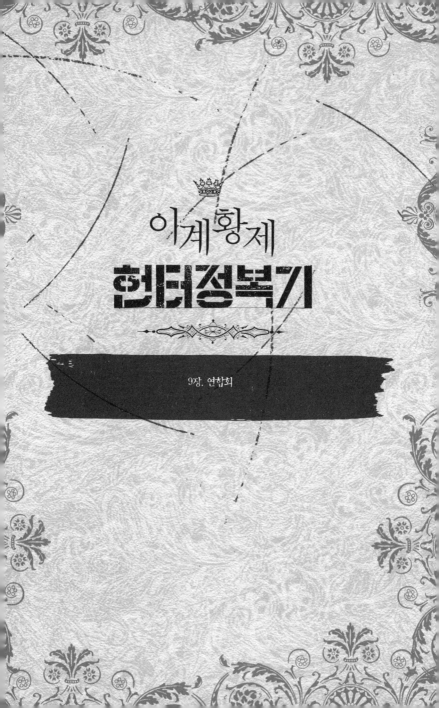

이계황제
헌터정복기

9장. 연합회

9장. 연합회

　신촌의 성호상회와 연결되어 있는 공간왜곡 창고에는 지금 십수미터가 훌쩍 넘는 대형 몬스터의 사체가 세 구, 5미터 정도의 중형 몬스터 사체가 한구 놓여져 있었다.

　바로 칼스타인이 제주도에서 잡아온 S급 몬스터의 사체들이었다.

　죽은 지 그리 오랜 시간이 지나지 않았기에 피투성이가 된 사체들은 그로테스크한 느낌까지 주었지만, 그것을 바라보는 최선주는 시선은 아무렇지도 않았다.

　오히려 이런 장면에 익숙한 것인지 사체들을 꾹꾹 찔러보기까지 하였다. 그렇게 사체를 확인한 최선주는 다소

굳은 표정으로 칼스타인에게 말을 건넸다.

"하실 말씀이 있으시죠?"

"할 말이라니 무슨 이야기죠?"

뜬금없는 최선주의 말에 칼스타인은 의아한 표정을 지으며 반문하였다. 그런 칼스타인의 눈을 가만히 지켜보던 최선주는 다시 뒤쪽에 몬스터 사체에 시선을 한 번 준 뒤 말을 이었다.

"수혁씨는 무려 4마리의 S급 몬스터를 혼자서 잡았어요. 그것도 하루만에요. 아무리 수혁씨가 우수한 헌터라고는 하지만 A급 헌터가 보여줄 수 있는 능력을 아득히 넘어 선 것 같다는 생각이 들지 않으세요?"

그녀의 말은 정확했다. 애초에 S급 몬스터는 A급 헌터가 잡을 수 있는 대상이 아니었다. 그것도 네 마리의 S급 몬스터를 하루에 잡았다는 것은 S급 헌터로서도 최상급의 실력이라 보아도 무방하였다.

"그런 사정까지 이야기해야 하오?"

칼스타인의 말은 묘하게 짧아져 있었다. 그리고 그 기도 역시 확연하게 달라져 있었다. 칼스타인의 분위기가 바뀐 것을 확인한 최선주는 잠시 동안 침묵하다가 입을 열었다.

"…. 그런 것은 아니지만… 이수혁씨가 S급의 헌터가

되었다면 저희 상회에서 공식적으로 제안하고 싶은 것이 있어요."

"제안?"

"그 제안은 저희 아버지께서 하는 것이 낫겠네요. 아버지를 모시고 올 테니 응접실에서 잠시만 기다려 주시겠어요?"

"그러지요."

공간왜곡 창고에서 나온 최선주는 가게 한 쪽에 있는 응접실로 칼스타인을 안내 한 뒤 자신은 사무실로 들어갔다. 아마 자신의 아버지를 부르려는 것 같았다.

응접실에서 기다리고 있는 칼스타인은 벽 넘어서 마나의 유동을 느꼈다. 최선주가 무슨 말을 하였는지는 들리지 않았지만, 긴급한 상황이라 말했는지 그녀의 아버지는 공간이동 마법을 이용해서 이곳으로 온 것이었다.

얼마 지나지 않아 응접실의 문이 열리고 최선주가 응접실 안으로 들어왔다. 당연히 그녀는 혼자가 아니었고, 그녀의 옆에는 기골이 장대한 50대 중반 정도로 보이는 중년인이 함께 있었다.

바로 최선주의 아버지, 성호상회의 주인 최성호였다. 최선주의 늘씬한 키는 아버지를 닮아서 그런 것이라 생각될 정도로 최성호 역시 무척이나 큰 키를 가지고 있었다.

응접실로 들어온 최성호는 두툼한 손을 내밀며 칼스타인에게 말했다.

"반갑네, 최성호라고 하네."

"이수혁이라 합니다. 제안 할 것이 있다면서요?"

칼스타인은 단도직입적으로 말을 꺼냈다.

"허허. 시원시원해서 좋군. 그렇네. 제안할 것이 있네. 그 전에 하나만 확인하지. 정녕 마스터에 오른 것인가?"

최성호의 말에 칼스타인은 대답 대신 허리춤의 검을 뽑아들더니 거기에 마나를 주입하였다.

우우웅~!

칼스타인의 검, 크라서스 소드에는 그의 마나에 따라 푸른 색의 광채가 일렁이며 나타났다. 검신에 이글거리는 푸른 불꽃은 바로 마스터의 상징이라 할 수 있는 그 검기였다.

"오오~"

검기를 확인한 최성호는 감탄성을 내었고, 옆에 있던 최선주 역시 다소 흥분한 말투로 칼스타인에게 말을 건넸다.

"검기! 역시 마스터군요!"

추측은 하고 있었지만 실제로 확인하는 것은 또 다른 의미가 있었다. 그랬기에 최선주는 마스터임을 칼스타인이 마스터임을 짐작하고 있었지만 검기의 발현에 흥분을 감추지 못하였다.

검기를 발현한 채로 둘의 표정을 잠시 보던 칼스타인은 이내 검기를 거두고 크라서스 소드마저 검집으로 갈무리한 뒤 최성호에게 말했다.

"확인은 시켜준 것 같은데, 무슨 제안이죠?"

"일단 앉지. 이야기가 길어질 것 같군."

칼스타인이 자리에 앉고도 최성호는 바로 이야기를 꺼내지 못했다. 마치 칼스타인을 탐색하는 듯한 눈빛으로 가만히 그의 얼굴을 바라볼 뿐이었다.

칼스타인도 굳이 먼저 말을 꺼내지 않아 아무 소리도 나지 않는 조용한 응접실에서는 침묵만이 흐를 뿐이었다.

"음… 아직 서른도 되지 않은 젊은 나이라고 들었는데 눈빛이 깊군."

"이야기가 길어진다고 하셨는데 슬슬 본론으로 들어가지요."

"그러지. 일단 우리가 이 헌터에게 기대하는 사항에 대한 이야기부터 하고 이 헌터에게 우리가 줄 수 있는 것을 이야기하는 것이 낫겠군."

보통 제안을 할 때는 자신이 줄 수 있는 것을 먼저 이야기를 하고 상대에게 요구하는 것을 말하는 경우가 많았는데, 무슨 이유에서인지 최성호는 그 반대의 방식으로 대화를 진행하려 하였다.

하지만 어차피 칼스타인은 제안을 다 듣고 판단을 할 것이기에 그런 방식은 큰 의미가 없었다. 그래서 가볍게 고개를 끄덕이는 것으로 자신의 의사를 표명하였다.

"제안에 앞서 우리의 상황을 먼저 이야기해야 이해가 더 쉬울 것 같군. 우선 나는 우리 성호상회의 대표일 뿐만 아니라 한국의 블랙머천트 연합회의 회장이네. 그리고 지금 우리 블랙머천트는 심각한 위기상황에 빠져있네."

위기 상황이라 하기엔 지금 블랙마켓의 경기는 너무 좋았다. 최근 들어서는 정부에서 관리하는 공식적인 마켓의 위상에 비견될 정도로 성장했기에, 정부에서도 블랙마켓을 양성화 해야하지 않느냐는 말까지 나오고 있는 정도였다.

따라서 위기상황이라는 말은 맞지 않은 말일 수도 있었다. 그래서 칼스타인은 반문은 당연하였다.

"위기 상황?"

"겉으로만 보면 그런 위기 상황이라는 것을 알 수 없겠지. 내가 위기상황이라 하는 것은 매출액이나 순이익같은 수치적 지표의 이야기가 아니네. 마켓의 생존자체가 위협받고 있는 것에 대한 이야기이지."

여기까지 말한 최성호는 잠시 칼스타인을 바라보더니 뜬금없는 질문을 던졌다.

"이 헌터는 이 블랙마켓을 운영하기 위해서 가장 필요한 것이 무엇이라 생각하나?"

"대답이 필요한 질문입니까?"

"굳이 대답하지 않아도 되지만 이 헌터의 생각이 궁금하군."

헤스티아 대륙에서 용병단부터 제국까지 만들어본 칼스타인은 집단의 생리를 잘 알고 있었다. 지구와 헤스티아 대륙의 상황은 상당히 다르긴 하나 몬스터가 출몰하는 이런 혼란스러운 시대에 있는 집단이라면 가장 필요한 것은 자명하였다.

"블랙마켓에서의 거래 안정성을 유지하고, 그 부(富)를 지킬 수 있는 무력이겠지요."

칼스타인의 대답에 최성호는 역시라는 표정으로 고개를 끄덕이더니 말을 받았다.

"그렇지. 많은 사람들은 마켓을 운영하기 위한 금전적인 부분을 생각하지만, 그것은 일반 마켓의 이야기이고 정부의 보호를 받지 못하는 우리는 자체적인 무력을 갖추어야 했지. 아니면, 그 정도의 무력을 가진 곳과 협상을 통해서 안전을 보호받던지…."

여기까지 들은 칼스타인은 최성호가 하고자하는 말을 대강 이해할 수 있었다.

"후자를 택하셨군요."

"그렇네…. 시간이 걸리고 힘들더라도 전자를 선택했어야 했는데…."

칼스타인은 내심 혀를 찼다.

'법과 질서 따위로 돌아가는 세상이 아닌 힘이 우선시되는 세상에서 자신의 힘으로 지킬 수 없는 재물은 자신의 것이라 할 수 없겠지.'

이어지는 최성호의 말은 칼스타인의 생각과 같았다.

"블랙머천트 연합회가 생긴 지는 벌써 20여년이 넘었네. 사실 처음부터 연합회를 만들 생각은 아니었네만, 개별적으로 운영되던 블랙마켓들이 수많은 다크클랜들의 타겟이 되면서 우리도 모여야 할 필요를 느꼈다네. 그래서 두 세 업체에서 모이던 것이 결국엔 연합회까지 만들어지게 된 것이었지."

"그럼 다크클랜으로부터 보호해 주기 위해서는 그에 걸 맞는 무력도 갖추어야 했겠군요."

당연한 수순이었다. 최성호 역시 고개를 끄덕이며 말을

이었다.

"그렇네. 블랙머천트 중에서는 능력자도 있었지만, 대부분은 기술이 좋은 일반인일 뿐이었지. 어차피 몬스터 사체를 가공해서 무구를 만들어주는 것으로 시작했으나 당연한 일이기도 하지만⋯. 어쨌든 그 무력을 우리는 외부에서 찾았지. 당시 백영이라 불리는 길드와 안전에 대한 협상을 했던 것이지. 월 일정액의 보호료를 지급하고 그 길드에서는 우리에게 안전을 제공하는 방식이었네."

"백영?"

현재 백영이라는 길드는 남아있지 않았기에 칼스타인인 고개를 갸웃거리면서 반문했다.

"백영이라면 모르겠군. 지금은 흑영이라는 이름으로 이름이 바뀌었네."

"흑영!"

흑영은 천무, 제천 등과 함께 한국의 5대 길드에 들어가는 대형 길드였다.

"지금 5대 길드로 불리어지는 그 흑영이 그 때의 백영이네. 어쨌든 처음의 계약은 월 일정액의 보호료를 지급하는 것으로 하였는데, 블랙마켓이 급성장하며 10년 정도가 지나자 백영에서는 일정 금액 대신 순이익의 비율로서 보호료를 지급받기를 원하였지."

백영에서는 당연히 할 수 있는 주장이지만, 블랙마켓에서는 받아들이기 힘든 주장이었다. 금액의 문제도 문제이지만, 비율로 보호료를 지급하기 위해서는 비율의 원천이 되는 금액, 즉 매출액과 순이익을 오픈해야한다는 문제가 있었다.

세금을 내는 공식적인 마켓이라면 모를까 대부분의 고객들이 세금을 회피하기 위해서 현금 거래를 하고 심지어 물물교환까지 하는 블랙마켓의 특성상 불가능한 방법이었다.

"우리가 할 수 없다고 하자 백영에서는 전면 철수를 하겠다는 엄포를 놓았었지. 비율 지급방식이 불가능하기도 했지만, 그것을 떠나 이런 상태면 완전히 백영에게 끌려갈 수도 있겠다는 생각에 그럼 철수하라고 했었네."

"생각 없이 하시진 않았을 것 같은데…."

연합회들의 수뇌부가 모두 멍청이가 아닌 이상 아무런 대책 없이 철수를 하라는 이야기를 꺼내지는 않았을 것이었다. 역시 그 이야기가 최성호의 입에서 흘러나왔다.

"당연히 우리도 아무 대책 없이 그랬던 것은 아니었네. 백영의 보호를 받는 10여년간 우리도 자체 경호팀을 만들어 성장시켰기에 나름 중견 길드 정도의 무력을 갖춘 상태였지. 그래서 조금 걱정되기는 하지만 충분히 버틸 수 있을 것이라 생각했는데…."

"막아내기 힘든 공격이 들어왔군요."

"그렇네. 어딘지 알 수 없는 곳에서 공격이 들어왔고 딱 일주일만에 우리 경호부대는 전멸하고 말았지. 마켓을 운영하고 있으니 보통의 헌터들보다 훨등히 좋은 장비를 둘러줬음에도 상대가 되지가 않더군."

중견길드 수준이라고 하였는데 일주일만에 전멸했다는 말에 의아함을 느낀 칼스타인이 그에게 물었다.

"공격도 아니고 방어였는데 그렇게 쉽게 당했습니까? 나름의 방어시스템도 있다고 들었는데 말입니다."

어느 정도 규모가 있는 조직에서는 대부분 방어 결계 등을 이용해서 방어시스템을 구축하고 있었다. 방어 결계의 설치비용이 비싸기는 했지만, 엄청난 수익을 올리고 있는 블랙마켓에서 그런 방어 결계를 사용하지 않았을 리가 없었다.

"있었지… 문제는 적이 그 방어 결계의 파훼법을 완벽히 알고 있었다는 것이 문제였지…."

최성호의 회한이 섞인 목소리에 칼스타인은 상황을 짐작할 수 있었다.

"그 말은…. 지금껏 보호해주던 백영이 관련되었다는 말이군요."

"그렇게 생각하고 있네… 결국 그렇게 경호부대가 전멸하고 방어시스템이 파훼되자 어디에서 들었는지 수많은 다크 클랜들이 약탈을 시도해 왔었네. 다급하게 다른 길드를 고용해서 방어조를 꾸렸는데, 어느 순간부터는 그 길드들도 고용에 응하지 않더군…."

"백영에서 손을 썼겠군요."

"확실한 증거는 없지만 그렇게 추측하고 있네. 당시에는 그렇게까지는 생각하지 않았는데 지금에 와서 보면 경호부대를 해치우고 방어시스템을 무력화시키고, 다크 클랜에 정보를 흘린 것도 그 놈들 짓이겠지…. 그리고 그즈음 백영은 이름을 흑영으로 바꾸더군."

최성호의 말에 칼스타인은 고개를 끄덕이며 대화를 이어갔다.

"정황상 그렇겠지요. 그럼 그 뒤에는 어떻게 되었습니까?"

"처음에는 백영… 아니 흑영이 아닌 다른 대형길드와 같은 보호계약을 하려고 하였는데 대형길드들 마저도 흑영과 무슨 이면 거래가 있었는지 우리의 제안에 응하지 않았네. 결국 우리는 흑영을 다시 찾을 수밖에 없었지…."

최성호의 선택도 이해가 가지 않는 것은 아니었다.

다른 길드와의 거래를 막은 흑영이 괘씸하고 원망스러웠지만 당장 흑영을 고용하지 않으면 수많은 다크클랜의 표적이 될 수밖에 없기 때문이었다.

"당연히 조건은 더 안 좋아졌겠군요."

"휴…. 그렇지… 어쨌든 그들도 매출액과 순이익의 비율로서 보호비를 받는다는 것은 불가능하다는 것을 인정하긴 하였네. 대신 보호비를 지금까지의 보호비의 5배로 올려 달라더군."

"5배라면….”

"처음 계약 때 월 100억으로 시작해서 10년이 지난 당시에는 월 300억의 보호비를 주고 있었네. 초반 일이년에나 다크클랜들 때문에 전투가 일어났지 그 이후로는 계약의 파기 전까지 큰 싸움이 일어난 적이 없었으니, 결국 이름값을 빌리는 댓가가 월 300억이라는 것이지. 그러니 그 5배면 월 1천5백억이라는 것인데…. 보호비로서는 상당히 무리가 되는 금액이었지만 주지 않을 방도가 없었어. 결국 재계약을 할 수밖에 없었지."

월 1천5백억이면 1년이면 1조 8천억이라는 엄청난 금액의 돈이었다. 아무리 블랙마켓이 잘나간다 하더라도 연간 순이익에서 1조 8천억원은 결코 적은 돈이 아니었다.

만일 매출액과 순이익의 정확한 집계가 가능하다면 오히려 일정 비율로서 주는 것이 더 나은 것일지도 몰랐다.

"어쨌든 10년 전 재계약을 하셨고, 지금까지 어떻게든 끌고 왔는데 왜 지금에 와서 다시 문제가 되는 것이지요?"

지금까지는 여태까지의 상황에 대한 이야기였고 여기서부터가 본론이었다.

"그간 보호비는 또 올라서 지금은 월 2천억의 돈을 주고 있지만, 지금 블랙마켓의 성세를 보면 사업을 하지 못할 정도는 아니었지. 문제는 작년부터 다시 불거졌네…"

이어지는 최성호의 말은 다음과 같았다.

블랙마켓의 성장세가 점점 더 커지자 흑영에서는 단순히 보호비를 받는 것에서 벗어나서 자신들이 직접 마켓을 운영하고자 한다는 것이었다.

그래서 작년에는 흑영의 하부조직을 이용해서 블랙마켓에 블랙쉐도우라는 가게를 오픈하고 올해 있을 연합회 회장 선거에 출마를 하려 한다 하였다.

물론 회장이 된다고 해서 모든 것을 마음대로 할 수 있는 것은 아니었지만, 흑영이라는 무력에 회장이라는 명분까지 있다면 블랙마켓을 먹어치우는 것은 그렇게 어려운 일은 아니었다.

사실 최성호는 블랙머천트 연합회를 창설하여 지금까지 20년간 회장직을 역임하고 있었지만 그 자신은 회장에 대한 욕심이 크게 없었다.

누구든 적극적으로 블랙머천트의 이익과 권리를 지킬 수 있는 사람이 나타나면 언제든 회장의 자리를 물려주고 싶어 하였다.

그러나 흑영에서 회장이 나온다면 결코 블랙머천트의 권리를 보장해주지 않을 것이기에 그들에게 회장의 자리를 내어 줄 수는 없었다.

물론 회장은 4년 임기의 선출직으로 최성호 마음대로 결정할 수 있는 자리는 아니었다. 다만 상인들은 신뢰가 가고 신망이 높은 최성호에게 5번의 연임을 하게 하였고, 별 다른 일이 없다면 올해에도 최성호가 회장을 할 가능성이 높았다.

그리고 만일 유력한 후보자가 나와서 최성호가 자신 대신 그를 밀어달라고 한다면, 최성호를 믿고 그렇게 될 가능성 또한 높았다. 그래서 지금 흑영에서는 최성호에게 블랙쉐도우의 장을 밀어달라고 지속적인 압박을 넣고 있었다.

"상황은 잘 알겠습니다. 이제 핵심으로 들어가지요. 그래서 저한테 원하시는 것이 무엇입니까?"

지금까지는 상황에 대한 설명이었고, 아직 최성호의 제안은 나오지 않았다. 이제 상황을 파악한 칼스타인은 그의 제안을 들을 차례였다.

칼스타인의 말에 잠시 멈칫하던 최성호는 테이블에 있는 물을 한 잔 마신 뒤 입을 열었다.

"그래서 내가, 아니 우리 연합회에서 이 헌터에게 원하는 것은…. 흑영의 수뇌부, 특히 S급 헌터 두 명을 처리해주는 것일세."

"진심이십니까?"

지금까지 상황을 들은 칼스타인은 최성호의 제안을 흑영과의 계약을 끊기 위해서 자신을 경호팀의 팀장 정도로 영입하려는 제안 정도로 생각했는데, 흑영의 수뇌부를 해치워 달라는 그의 말에 다소 놀랄 수밖에 없었다.

상식적으로 비추어 보았을 때, 이미 마스터가 된지 오래된 중견의 S급 헌터 두 명을 이제 갓 마스터에 오른 칼스타인에게 처리를 맡긴다는 것은 말이 되지 않는 이야기였다.

물론 마스터에 오른 시기가 먼저라고 더 강한 무력을 가지는 것은 아니지만, 이제 마스터에 오른 칼스타인은 아직 그 능력을 제대로 발휘하기 힘들다고 보는 것이 더 합리적인 생각이었다.

즉, 최성호의 제안은 무리가 많은 제안이라는 의미였다.

"진심이라네, 만일 지금 우리가 흑영과의 거래를 끊는다면 그들은 10년 전과 같은 방식으로 우리를 궁지로 몰아넣은 뒤 이번에는 완전히 자신들이 우리 블랙 마켓을 장악하려 할 것일세. 결국 우리가 할 수 있는 선택은 선제공격인 것이지."

"무슨 말씀인지는 알겠습니다만, 이제 갓 마스터에 오른 제게 할 제안으로는 무리가 있다는 생각이 들지 않으십니까?"

칼스타인의 질문에 최성호는 바로 대답하지 않았다. 하지만 그의 눈빛은 말하고 있었다.

'자네는 할 수 있지 않은가?'

무슨 근거로 그런 믿음을 갖고 있는지는 알 수 없었으나 그의 눈빛은 칼스타인의 능력을 믿고 있었다.

"마스터에 오른 지는 얼마 되지 않았지만 짧은 시간에 S급 몬스터를 네 마리나, 그것도 용족까지 잡았다는 것은 지금의 제안 역시 충분히 수행할 능력이 있다고 보네만."

지금 말하는 것만이 최성호가 가진 믿음의 근거는 아닌 것 같았지만, 어쨌든 그의 말은 틀린 것이 없었다.

보통 S급 용족은 노련한 S급 헌터라도 혼자서 처리하기 쉽지 않은 몬스터였다. 그 용족까지 잡아냈다는 말은 숙련된 S급 헌터 역시 충분히 잡을 수 있다는 의미였다.

최성호의 말에 잠시 고개를 끄덕인 칼스타인은 이번엔 다른 쪽의 반문을 하였다. 조금 전의 반문이 능력의 유무에 대한 질문이라면 이번에는 의지에 대한 질문이었다.

"그렇게 보신다니 감사하지만, 제가 그 제안을 받아들이실 것이라 보십니까? 물론 최근 성호 상회에서 많은 도움을 얻고 있는 것은 맞으나 그건 일방적인 도움이 아닌 충분한 대가를 지급하고 있습니다. 어떤 보상을 주실지 모르겠습니다만, 지금 상황에서 제가 굳이 그 제안을 받아들일 필요가 있을까요?"

당연한 말이었다. 성호상회에서 어떤 보상을 내놓을지는 모르겠지만, 어떤 보상을 주더라도 두 명의 S급 헌터를 처리하는 일은 칼스타인에게 너무나 큰 위험부담이 있었다.

그 위험부담은 처리하는 것이 위험하다기 보다는 사회적인 리스크였다. 그리고 지킬 사람이 있는 상황에서 큰 적을 만드는 것에 대한 위험부담이었다.

"당연한 생각이겠지. 하지만 우리 역시 아무런 생각 없이 이런 말을 꺼낸 것은 아니라네. 아. 다소 무리가 되겠지만 충분히 자네에게 매력적일 수 있는 보상을 준비해 놓았다네."

"보상이라…."

"일단 들어보게. S급 헌터를 상대해야하기에 우리는 영웅 등급의 아티팩트 [벨로스 소드]를 준비해 놓았네."

벨로스 소드가 구체적으로 어떤 능력을 가진 것인지는 몰라도 어쨌든 영웅 등급의 아티팩트면 아무리 많은 돈을 주더라더라 운이 좋지 않으면 시중에서 구하기란 거의 불가능에 가까운 아티팩트였다.

그런 아티팩트를 준비했다는 것은 성호상회, 아니 연합회로서도 승부를 걸고 있다는 말이었다.

"흐음… 아무리 영웅 등급의 아티팩트라 하지만 목숨과 바꾸기에는…."

실제 목숨이 위협받을 상황은 없을 것이라 생각이 들지만, 일단 칼스타인은 그렇게 말을 끊었다.

마스터에 오른 이상 당장 무기가 급하게 필요한 것도 아닌데 단지, 영웅 등급의 아티팩트를 얻기 위해서 대형 길드와 척을 지는 리스크를 부담하는 것은 탐탁지 않았다.

그러나 최성호의 말은 여기서 끝나지 않았다.

"이것이 끝이 아니네. 희귀 등급의 방어구도 준비했지만 그것은 곁가지에 불과할 테고 아마 자네에게는 이것이 핵심일 것이네."

지금까지 최성호가 말한 아티팩트만해도 영웅 등급 1개, 희귀 등급 1개였다. 이런 상황에서 핵심이라는 것이 따로 있다고 하니 칼스타인으로서도 호기심이 생길 수밖에 없었다.

"핵심이라니 대체 뭡니까?"

"바로 [아리아나의 축복]이라네."

"아리아나의 축복!"

칼스타인은 앞서 말한 벨로스 소드에 대해서는 들어보지 못했지만, 지금 말하는 아리아나의 축복에 대해서는 잘 알고 있었다.

아리아나의 축복은 신체 내부의 마나로드와 마나홀을 완전히 치유해주는 기물(奇物)로 소모형의 영웅 등급 아티팩트였다.

어떤 내상을 입더라도, 심지어 마나홀이 완전히 깨어져서 다시는 마나를 사용할 수 없는 능력자도 아리아나의 축복을 복용한다면 처음과 같이 완전 회복 될 수 있었다.

칼스타인이 이 아리아나의 축복을 아는 이유는 박정아의 상처 난 마나홀에 대한 치료법을 찾으면서 이 정보를 확인하였기 때문이었다.

문제는 아리아나의 축복은 아무리 많은 돈을 들인다 하더라도 쉽게 구할 수가 없다는 것이었다.

보통의 영웅 등급 아티팩트는 인연이 닿지 않으면 시중에 풀리지 않았다.

특히, 이런 소모품 형태의 아티팩트는 또 하나의 목숨줄이라 해도 과언이 아니기 때문에 사용되고 나면 알려졌지, 사용되기 전에 누가 가지고 있는지는 거의 알려지지 않았다.

따라서 당시 칼스타인은 아리아나의 축복에 대한 정보는 확인하였지만 이것을 구할 수 없다고 결론지었었다.

그런 아리아나의 축복을 지금 최성호가 언급한 것이었다.

"아리아나의 축복을 이야기 한다는 것은 제 사정을 알고 있다는 말이군요."

아리아나의 축복은 쓰임새가 분명하였다. 핵심이라는 말까지 하면서 이것을 언급하는 것은 최성호가 칼스타인의 어머니 박정아의 상태에 대해서 알고 있다는 말이었다.

"그렇네. 너무 기분 나쁘게 생각하지는 말게. 우리로서
도 사활을 걸고 진행하는 일이기에 핵심이 되는 자네의
상황을 체크하는 것은 당연하지 않겠나?"

최성호의 말은 틀린 것이 없었다. 만일 블랙머천트 연
합회의 속내를 들은 칼스타인이 악의를 품고 흑영길드에
이런 상황에 대한 제보만 하더라도 블랙머천트 연합회는
흑영길드로부터 엄청난 압박을 받을 것이 분명하였다.

그렇기 때문에 지금 칼스타인에게 전말을 이야기 한다
는 것 자체가 그가 자신들의 제안을 거부하지 않을 것이
라고 어느 정도는 확신 하고 있다는 반증이었다.

"흐음…."

"어쨌든 이제 우리의 제안과 보상에 대한 이야기를 다
했다네. 제안을 받아들인다면 영웅 등급의 벨로스 소드
와 다른 희귀 등급 아티팩트 방어구는 먼저 지급하겠네.
그리고 한 명의 마스터를 처리하고 나면 그 때 아리아나
의 축복을 주도록 하지. 대신 마스터를 처리하는 영상을
우리에게 주어야 하네."

최성호의 말은 서로 간에 최소한의 안전장치를 하자는
것이었다. 만일 아리아나의 축복을 미리 얻은 칼스타인
이 그들과의 계약을 저버린다면 연합회로서는 엄청난 손
실을 입게 되는 것이었다.

칼스타인 역시 두 명의 마스터를 다 처리했는데 아리아나의 축복을 얻지 못한다면 그 역시 리스크에 비해서 핵심은 놓치는 것이라 할 수 있었다.

'만일 한 명의 마스터라도 처치한다면 흑영길드와 불구대천의 원수가 되는 것이니, 다른 한 명의 마스터를 처리하지 않을 수가 없겠지.'

영상을 요구하는 것은 칼스타인이 그를 처리했다는 증거를 가지고 있기 위해서였다. 나름 합리적인 판단이었고, 제안이었다.

이제 남은 것은 칼스타인의 결단뿐이었다.

"음…."

분명 리스크는 있었다. 아무리 정체를 숨기고 흑영길드의 마스터를 처리한다 하더라도, 블랙머천트 연합회에서 사실을 알고 영상까지 갖고 있다면 어쩌면 칼스타인이 한 일인 것이 알려질 가능성이 있었다.

그렇게 된다면 흑영길드와는 완전히 척을 질 수밖에 없고, 마스터만을 처리하는 것에서 끝날 것이 아니라 흑영길드 자체를 지워버려야 할 상황까지 이어질 수 있었다.

뭐 어차피 블랙머천트에서는 흑영과 전면전을 할 생각인 것 같으니 흑영을 지우는 것은 어쩌면 당연한 귀결이겠으나, 그 이후가 문제였다.

흑영길드는 대형길드인 만큼 다수의 길드나 조직들과
밀접한 관계를 갖고 있을 것이었다.

즉, 흑영길드를 지워버린다 하더라도 그들과 우호적인
관계를 유지했던 조직들과 또 다시 전쟁을 벌여야 할 가
능성도 있었다.

하지만 큰 걱정은 없었다. 어차피 헤스티아 대륙의 물
건을 가져오기 위해 악인들을 척살해서 포인트를 모을
생각까지도 하고 있었기에 오히려 좋은 기회일 수도 있
었다.

만일 그런 대형 조직들과 싸움을 벌인다면 박정아의
안전이 조금 걸리는 부분이었지만, 그녀 역시 이미 아티
팩트를 차고 있어 이능력 공격이 아닌 일반적인 공격에
피해를 입을 가능성은 없었다. 설령 이능력 공격이라 하
더라도 고위 능력자가 아니라면 웬만한 공격은 아티팩트
가 막아낼 수 있을 것이었다.

그리고 이제 본신의 힘을 발휘할 수 있는 셀리나를 그
녀 옆에 호위로 붙여 놓는다면 설령 마스터 급의 능력자
가 오더라도 충분히 방어가 가능할 것이었다.

그런 생각 끝에 칼스타인의 입가에는 자세히 보지 않
는다면 알아차리기 힘든 희미한 미소가 지어졌다.

'…재미있겠군.'

최성호는 말을 않고 가만히 생각만 하는 칼스타인을 보며, 상황이 위험해서 망설이는 것으로 생각했지만 칼스타인은 도리어 재미있겠다는 생각을 하고 있었다.

전 세계에 몇 되지 않는 천상천(天上天)이라 할 수 있는 그랜드마스터 급의 능력자들만 조심한다면 그를 막을 수 있는 사람은 없었기 때문이었다.

'시간은 걸리겠지만 나중에 그랜드마스터만 오른다면 같은 그랜드마스터 급들도 조심할 필요는 없겠지.'

아직은 요원한 일이었지만 시간이 지나 그랜드마스터에 오른다면 그 위의 경지인 라이트 소더가 존재하지 않는 이상 칼스타인은 어쩌면 지구 최강자의 자리에 오를 수 있을 것이었다.

'일단 그건 나중 일이고. 지금 생각해야 하는 점은 어머니의 건강이겠지…. 안 그래도 요즘 마나 주사의 농도를 올려야 하는 부분이 마음에 걸렸는데….'

개성에 있을 때는 정밀 검사 없이 그냥 마나 주사만을 놓았기에 박정아의 세부적인 몸 상황까지는 알 수 없었는데, 서울의 현성 능력자 전문 병원에서 매달 검사를 받아보니 소실되는 마나수치가 미세하게 올라가는 것을 알 수 있었다.

그래서 그 수치에 맞추어 마나 주사의 농도 역시 점점

올리고 있는 상황이었다. 즉, 마나홀의 상처가 조금씩 계속 커져 간다는 이야기였다.

돌이킬 수 없을 때까지 10년 정도의 시간은 있다고 생각했는데, 소실되는 마나량을 감안해보니 10년은커녕 5년도 힘들어 보이는 상황이었다.

이번에 칼스타인이 무리해서라도 빠르게 마스터에 올랐던 이유 중 하나가 바로 이 때문이었다. 빨리 경지를 올려 어느 정도 대등한 위치에서 7서클 마법사와 거래를 하기 위해서 마스터에 오른 것이었다.

이런 상황에서 이 아리아나의 축복은 거부할 수 없는 제안이었다.

"좋습니다. 제안을 받아들이죠."

칼스타인의 선언과도 같은 말에 최성호의 표정은 활짝 펴졌다. 아리아나의 축복이라면 칼스타인이 거부하기 힘들 것이라고 생각은 했지만, 세상일이라는 것이 결과가 나오기까지는 알 수 없기에 칼스타인이 확답을 하기 전까지는 긴장을 늦출 수 없었기 때문이었다.

"하하하하. 좋군. 좋아! 쇠뿔도 단김에 빼라고 했다고 아까 말했던 영웅 등급 아티팩트인 벨로스 소드와 희귀 등급 아티팩트인 라니스터 가죽갑옷을 주도록 하지. 선주야. 가져 오너라."

최성호는 옆에 있던 최선주에게 지시를 하였고, 응접
실을 나간 최선주는 얼마 지나지 않아 한 자루의 검과 한
벌의 가죽 갑옷을 가지고 다시 응접실로 돌아왔다.

최성호의 언급대로 한 자루의 검에서는 은은한 붉은
빛의 마나가 맴돌고 있었고, 가죽갑옷에서는 푸른 빛의
마나가 나타나 있었다.

"여기 있네, 설명을 읽어보면 알겠지만 벨로스 소드는
사용할 때에는 조심하기 바라네."

칼스타인은 최선주가 건네 준 두 아티팩트 중 벨로스
소드를 먼저 손에 쥔 뒤 자신의 마나를 주입하였다. 아무
래도 영웅 등급의 아티팩트가 궁금했기 때문이었다.

[장비 정보]

이름 : 벨로스 소드 [각인 해제]

등급 : 영웅

특징 : 광폭화(狂暴化), 흡정(吸精)

기술 : 광란무(狂亂舞)(내재마나: 100/100, 소모마나:
50)

'호오, 영웅등급이라서 그런지 특징이 두 가지군. 광폭
화와 흡정이라…'

보통 장비정보의 특징 항목은 상시적으로 적용되는 특성이고, 기술 항목은 특정 마나패턴으로 마나를 주입하는 경우 발동하는 기술을 의미하였다. 게임의 방식으로 이야기 하자면 패시브 스킬과 액티브 스킬에 가까운 분류였다.

칼스타인은 일단 광폭화에 정신을 집중하여 그 특성을 파악하였다.

'흠. 버서커 마법과 비슷한데?'

버서커는 대상을 광전사화 시키는 마법으로 투쟁심을 극도로 고취시켜 전투시의 부상이나 정신계 마법에 흔들리지 않고 지속적으로 전투를 벌일 수 있게 해주는 마법이었다.

여기에 근력 증가와 민첩성 증가의 속성이 더 해지는데 버서커 마법은 단순한 근력증가에 그치는 것이 아니었다.

일반적으로 사람들은 신체의 보호를 위해 무의식적으로 신체의 내구 한도 이상의 힘을 발휘하지 못하는데 광전사 마법은 그 제한을 풀어서 신체가 낼 수 있는 극도의 힘을 낼 수 있도록 해주었기 때문이었다.

즉, 단순 근력 증가 마법의 몇 배의 힘을 발휘할 수 있도록 해주는 것이었다.

물론 단점도 있었다. 신체가 견딜 수 있는 이상의 힘을 상시적으로 발휘하기 때문에 의식적으로 조절하지 않는다면 신체가 망가져 버릴 수도 있고, 버서커에 자주 빠지다 보면 정신적으로 충격을 받아 소위 말하는 충동조절장애 같은 상황에 들어가는 경우도 있었다.

　아마 최성호가 조심하라는 부분이 이 점을 염두 해둔 것 같았다. 마스터가 되지 못한 능력자는 물론이고 설령 마스터라 하더라도 너무 자주 이 광폭화에 노출된다면 올바른 정신을 유지할 수 있을 것이라는 보장은 없었다.

　하지만 그런 단점 따위는 당연히 지고한 정신력을 가진 칼스타인에게는 해당되지 않는 말이었다.

　칼스타인의 능력이라면 필요에 따라서 신체의 일부만 광폭화에 노출시켜 적재적소에 활용할 수 있을 것이었다.

　'광폭화라…. 제한 이상으로 신체가 활성화 된다는 측면에서는 그리 나쁘지 않겠군.'

　광폭화에 대해서 살펴본 칼스타인은 이번에는 흡정에 대해서 알아보았다.

　'흡정은…. 음… 마나드레인에 가까운 기법이군. 잘 됐어, 안 그래도 검강을 쓰려면 마나가 부족했는데 말이야.'

흡정은 검격을 통해서 상대의 마나를 갈취하는 수법이었다. 물론 흡정대법과 같이 대량의 마나를 흡수하는 것은 아니고 공격을 격중 시킨 경우에만 상대의 마나 일부를 흡수하는 것이었다.

한 번에 흡수하는 마나량은 그리 많지 않았지만, 일부라도 전투 중에 마나를 회복할 수 있는 방법이 있다는 것은 나쁘지 않은 일이었다.

마지막은 광란무라는 기술이었다. 광란무에 집중을 하자 광란무를 사용하는 마나운용법을 알 수 있었고 그것이 발현되었을 때의 모습까지 머릿속에 떠올랐다.

'광역기(廣域技)군. 검에 있는 내재 마나로 사용하는 기술이니 마나 소모도 거의 없을 고… 괜찮군.'

어지러운 미친 춤이라는 말처럼 광란무의 마나운영법에 따라서 마나를 주입하면 검에서는 수백개의 마나줄기가 뿜어져 나오면서 사방을 휩쓸도록 되어 있었다.

기본적인 내재마나에 칼스타인의 마나까지 더 한다면 웬만한 적들은 한 방에 몰살시킬 수도 있는 강력한 기술이었다.

'그런데 각인이 해제된 상태라면….'

칼스타인이 각인에 대해서 생각할 때, 최성호 역시 그에 대한 언급을 하였다.

"보고 있어서 알겠지만 벨로스 소드는 각인형 아티팩트라네. 당연히 지금은 각인이 해제된 상태니 자네가 바로 각인하면 될 것이네. 자네는 이미 반지를 착용하고 있으니 팔찌 같은 형태도 괜찮겠군."

보통의 아티팩트는 타인에게 건네는 것에 문제가 없기 때문에 매매를 하는데 지장은 없었다.

하지만 각인형의 아티팩트나 귀속형의 아티팩트의 경우에는 한번 소유자가 지정이 되면 매매가 불가능 하였다.

그나마 각인형 아티팩트는 사용자가 아티팩트에서 자신의 마나를 회수하면 각인을 해제할 수 있어 매매가 가능하였으나, 귀속형 아티팩트는 사용자의 영혼에 귀속되기 때문에 한번 귀속된다면 절대 매매가 불가능하였다.

각인형 아티팩트 역시 한번 각인을 해제하면 같은 사람에게는 두 번 각인이 되지 않으니 쉽사리 해제하여 매매 할 수 있는 아티팩트는 아니었다.

어쨌든 지금 이 벨로스 소드는 각인 해제 상태로 각인 시 칼스타인이 원하는 모습을 이미지화하여 각인한다면 전투를 위해서 벨로스 소드에 마나를 주입하기 전까지는 이 검은 각인 시 지정한 모습으로 존재하게 되는 것이었다.

지금 최성호가 팔찌의 형태를 언급하는 것이 바로 이 이야기였다. 그의 말이 일리가 있었기에 칼스타인은 단순한 형태의 팔찌를 이미지로 하여 벨로스 소드에 자신의 마나를 각인하였고, 이내 벨로스 소드는 은은한 붉은 빛을 띠는 팔찌의 모양으로 변해버렸다.

벨로스 소드의 각인형태인 팔찌를 착용한 칼스타인은 옆에 있던 라니스터 가죽갑옷에도 마나를 주입하여 확인하였다.

[장비 정보]
이름 : 라니스터 가죽갑옷
등급 : 희귀
특징 : 신체재생력 증가
기술 : 프리즘 실드 (내재마나: 100/100, 소모마나:100)

라니스터 갑옷은 방어라는 갑옷 본연의 목적에 적합한 아티팩트로 기술과 특징 모두 방어에 적합한 방어구였다.

'나쁘지 않아. 연합회에서 신경을 많이 썼군.'

칼스타인이 무구를 다 확인한 것 같자, 최성호가 말을

건넸다.

"어떤가? 이 헌터의 능력에 이 무구들이라면 흑영의 마스터 쯤은 쉽지 않겠나? 하하하."

"그건 해봐야 알겠지요. 그런데 마스터를 처리한다는 것이 저 혼자 다짜고짜 흑영으로 쳐 들어가라는 것은 아닐 테고…. 계획은 있으신 겁니까?"

"하하하. 설마 그럴 리 있겠나. 마스터와 일대일의 상황을 만드는 것은 당연히 우리 몫이겠지."

"어떤 계획입니까?"

칼스타인의 말에 진지한 표정으로 변한 최성호는 목소리 역시 가라앉힌 후 나지막한 목소리로 말을 이었다.

"10년 전의 실수를 반복하지 않기 위해서 지난 10년간 우리는 비밀리에 정예를 키웠다네. 그렇게 키운 능력자가 A급 18명에 B급 42명이지."

지금 최성호가 말한 인원이면 충분히 중견 길드에 못지않은 전력이었다. 아마 정예라 할 수 없는 C급의 능력자는 언급하지 않은 것 같은데, 그들마저 포함한다면 충분히 중견길드 정도는 되는 능력자 숫자였다.

물론 흑영의 인원에 비하면 모자란 것이 맞지만, 흑영에서도 항상 전체 전력이 상주하고 있는 것은 아니었기에 수뇌부를 치는 데는 전혀 부족함이 없는 전력이었다.

그리고 최성호의 말은 여기서 끝나지 않았다.

"비록 마스터가 된 능력자까지는 나오지 않았지만, A
급의 끝에 다다른 능력자만 세 명이라네. 그 중 하나가
여기 우리 선주라네. 선주야. 봉혈(封穴)을 해제하거라."

최성호의 말에 지금껏 둘 옆에서 이야기만 듣고 있던
최선주가 검지에 마나를 돋워 자신의 몸 이곳저곳을 찔
렀다.

우우웅~!

십여군데의 혈도를 찌르고 나자 그녀는 마치 추위에
떠는 것처럼 한 차례 몸을 떨었고 잠시간의 시간이 지나
자 그녀의 기도(氣度)가 급격히 올라갔다.

여태까지는 C급 능력자 정도의 기량을 보여주었는데,
봉혈을 해제한 지금은 최성호의 말처럼 A급의 끝에 다다
라 있었다.

'흐음. 지금까지의 위화감이 이것이었구나.'

지금껏 최선주는 가진 마나량에 비해서 이상하게 경지
가 낮아 보여 신기하다고 생각하고 있었는데, 이렇게 봉
혈대법을 해제하고 나니 칼스타인은 자신이 느낀 위화감
의 정체를 알 수 있었다.

그런 그녀를 바라보던 칼스타인은 최성호에게 말을 건
넸다.

"왜 굳이 저런 방법으로 능력을 제한 한 겁니까? 혹시 흑영에게서 그녀의 정체를 숨기기 위해서 입니까?

"뭐 그런 기능도 있긴 하지만, 실상 봉혈 대법은 일종의 수련법이라네."

최성호의 말에 따르면 시스템의 상점에서 구매할 수 있는 B급 무공인 봉혈 대법은 신체의 마나를 제한하여 내부적으로 압력을 주어 마나를 더 정순하게 만들고, 마나로드의 강도를 높여주는 마나운용법의 일종이었다.

봉혈 대법에 대한 설명을 마친 최성호는 자신의 딸을 장하다는 표정으로 바라본 뒤 말을 이었다.

"선주는 이미 이년 전에 AS급에 도달하였는데 안타깝게도 S급의 벽은 깨지 못했다네. 그래서 폐쇄된 공간에서 수련만하는 것보다 이렇게 나와서 사람을 만나는 것이 오히려 벽을 깨는 깨달음을 얻지 않을까 싶어 지점의 점장을 시켜주고 있었다네. 봉혈 대법을 통한 수련은 덤이나 마찬가지이고."

최성호의 말이 끝나자 최선주는 자세를 바로 한 뒤 칼스타인을 향해 입을 열었다.

"정식으로 인사드리겠어요. 블랙머천트 연합회의 수호대 2조장 최선주라고 해요."

"2조장이라…"

"네, 수호대는 총 3개조로 나뉘어져 있고 제가 2조장을 맡고 있습니다. 1조장과 3조장 역시 AS급에 다다라 있어요."

"다른 조장이나 조원들은 어디에 있소?"

"3조장은 저와 마찬가지로 다른 지점의 점장을 맡고 있는데, 1조장과 다른 조원들은 서울 외곽의 수련장에서 수련에 매진하고 있어요."

"흐음…."

칼스타인과 최선주의 대화를 듣던 최성호는 둘의 대화가 끊어진 사이 칼스타인에게 말을 건넸다.

"어차피 나중에 흑영을 상대 할 때 수호대와 함께 할 텐데, 한 번 만나서 미리 손발을 맞추어 보는 것은 어떻겠나?"

마스터들을 처리하는 것은 칼스타인의 몫이지만 그들을 처리할 때 곁에 있는 다른 능력자들은 수호대에서 맡아 줘야 하는 부분이었기에, 최성호의 제안은 어쩌면 당연한 말이었다.

"음… 그렇게 하죠. 시간과 장소를 말씀해 주시면 그리로 가도록 하겠습니다."

"좋네. 내 이번 주 중으로 시간과 장소를 정해서 알려주도록 하겠네."

"어쨌든 혼자가 아니라니 좀 낫군요. 그런데 혹시 두 명을 한 번에 다 상대해야 하는 건 아니겠지요?"

두 명이 한 번에 온다고 처리하지 못할 것은 없지만, 굳이 자신의 능력을 만천하에 드러낼 필요는 없었다.

"계획대로 된다면 그럴 일은 없을 거네. 먼저 진기훈 그 놈부터 처리하고 그 애비 진영만을 잡을 거라네."

"계획이라… 어떤 계획입니까?"

"간단하게 말하면 S급 몬스터홀을 미끼로 진기훈을 유인할 생각이라네. 이미 종종 우리 연합회에서 흑영에게 S급 몬스터홀에 대한 정보를 알려준 경험이 있으니 별다른 의심은 하지 않을 걸세. 거기서 그 놈을 잡고 그 놈을 미끼로 그 놈의 애비까지 잡을 계획이라네."

"그렇군요."

"그 뒤 본사에 있는 십여 명의 수뇌부들만 처리한다면 흑영은 끝장이겠지. 더 이상 우리 블랙머천트 연합이 흑영에 끌려 다닐 필요가 없다는 말이네."

20년간 묶은 원한이 보통이 아닌지 이 말을 하는 최성호의 눈빛은 지금까지의 대화중에서도 가장 섬뜩하게 빛이 나고 있었다.

"어쨌든 준비되면 연락주시죠."

"그래 알겠네, 수호대와 대면 후 일주일 안에 승부를

볼 테니 자네도 준비해 주게나."

"알겠습니다."

여기까지 말하고 대화를 끝내려던 칼스타인은 문득 생각났다는 표정으로 최성호에게 다른 질문을 던졌다.

"아. 혹시 마스터스 리그에 대해서 아시는 것이 있습니까?"

칼스타인의 말에 최성호는 잠시 망설이는 표정을 짓더니 입을 열었다.

"마스터스 리그라…. 그런 것이 있다는 것은 들었네만, 나 역시 잘 아는 것은 아니네."

"괜찮습니다. 아는 부분만이라도 말씀해주시지요. 아니면 미네르바를 통해서 정보를 구할 수는 없습니까?"

"사실 나도 그 단어를 들은 뒤 미네르바를 통해서 관련 정보를 확인해 보려 하였는데, 미네르바에서는 정보의 판매에 제한을 걸고 있었다네."

"어떤 제한입니까?"

"바로 그 정보를 구매하기 위해서는 마스터스 리그에 참여 한 경험이 있어야 한다는 것이네."

미네르바에서 정보 제한을 거는 것은 특이한 것은 아니었다. 자신들의 필요와 정보를 구매하는 고객들의 이해관계에 따라서 미네르바는 종종 정보 통제를 하였기 때문이었다.

그런데 그 제한의 방식이 보통의 제한과는 달랐다.

"참여해야만 살 수 있다라… 사전에 정보획득이 불가능 하다는 말이군요…. 혹시 정보 등급은 어떻게 되었습니까?"

"등급은 A급이었네. A급 구매권이 남아있어서 살 수 있을 것이라 생각했는데 낭패를 보았지. 여튼 미네르바를 통하지 않고 이리저리 알아본 결과, 마스터만이 참여할 수 특정한 조직? 대회? 뭐 그런 것이 있다는 것 같았네. 그리고 그것을 마스터스 리그라고 부른다고 하였네… 겉핥기 식에 가까운 정보지만 나 역시 그 이상의 정보는 알 수가 없었다네.

"마스터만을 위한 조직이나 대회라…. 음…. 그럼 혹시 지구방어 대전이라는 말은 아십니까?"

"지구방어 대전? 그럼 처음 들어보는 말인데 그게 뭔가?"

"아. 아닙니다."

지구방어 대전은 시스템상의 메시지이기에 정확히 어떤 것인지는 몰라도 단어자체는 마스터가 되면 누구나 알 수 있었다.

그것에 대한 정보가 없다는 것은 아마 마스터스 리그와 마찬가지로 이미 마스터가 된 자들이 관련 정보를 통제하고 있다는 것을 추측할 수 있었다.

'마스터스 리그라… 흐음….'

최성호와 이야기를 마친 칼스타인은 연락을 주겠다는 그의 말을 뒤로하고 차량에 올라 제천 길드로 향했다.

집으로 가는 대신 제천 길드로 간 것은 제천길드와의 관계를 정리하기 위해서였다.

그것은 애초에 제천에 가입했던 이유가 대형길드인 제천을 통해서 흑탑이나 백탑의 마법사와 박정아를 치료를 대가로 거래를 하려는 것이었는데, 아리아나의 축복을 얻을 수 있는 지금은 그럴 이유가 없어졌기 때문이었다.

박정아를 치료한다고 해서 굳이 길드를 나갈 필요까지는 없었으나 황종호의 예를 생각해보면 제천 길드 자체가 뒤가 구린 조직으로 보였기에, 구태여 이 곳에 남아 있을 이유가 없었다.

A급 헌터로 계약할 때 계약금으로 받은 10억원의 두 배인 20억원만 지급한다면 칼스타인이 길드를 나오는데 걸릴 것은 없었다.

'다만, 도의가 있으니 그 때 주택 값은 돌려주는 것이 낫겠군.'

얼마 전 제천에서는 칼스타인이 구한 집의 구매 대금을 대신 지급하였었고, 그 금액은 300억원에 달하였다.

물론 그 300억원은 순전히 제천 길드의 호의에서 나온 것이기에 칼스타인이 돌려줄 의무는 없었으나, 도의상 칼스타인은 그 금액을 돌려주려고 생각하고 있었다.

어차피 지금 통장에 있는 돈 이외에도 이번에 S급 몬스터를 잡고 500억원에 가까운 수익을 올렸기 때문에 300억 정도를 돌려주는 것에는 아무 문제가 없었다.

'흑영을 처리하고 아리아나의 축복을 얻어 어머니를 치료한다면 이제는 수련에 집중해야겠군. 아. 하나 더 처리할 것이 남긴 했네. 이수혁의 몸을 얻은 도의를 생각한다면 김유빈까지는 처리해 줘야겠지.'

이수혁의 가장 큰 원수라 할 수 있는 박창수와 그 패거리는 이미 처리 하였기에 그의 죽음을 직접적으로 유발한 김유빈만 처벌한다면, 이수혁의 죽음과 관련된 복수는 마무리 되는 것이었다.

'이번 일이 끝나면 슬슬 행방을 알아봐야겠어. 기다려라, 김유빈.'

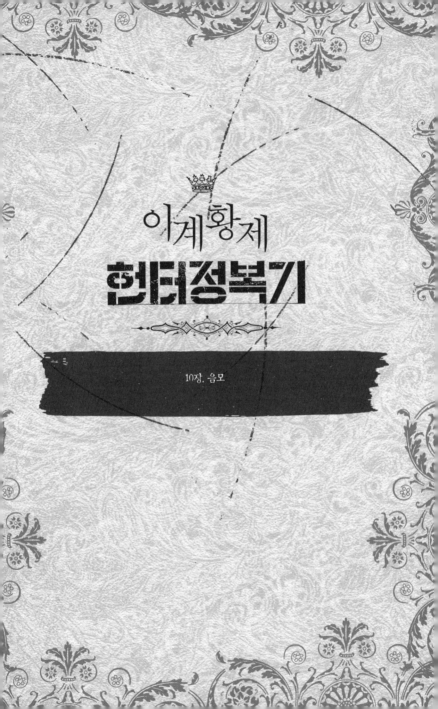

이계황제
헌터정복기

10장. 음모

10장. 음모

　종로에 있는 제천 길드의 본사에는 때마침 제극명이 자리를 하고 있었기에 칼스타인은 별도의 기다리는 시간도 없이 바로 제극명과 대면 할 수 있었다.

　"어서 오게나."

　업무용 테이블에 앉아 있던 제극명은 칼스타인이 들어오는 것을 확인하고 일어서서 접대용 소파로 그를 안내하였다.

　"그래, 갑자기 어쩐 일인가?"

　"죄송하지만, 길드에서 나가야 할 것 같습니다. 계약금에 대한 위약금은 당연히 지급해야 할 테고, 전에 호의로 주신 주택 구매대금 300억에 대한 부분도 반납하고 가겠습니다."

제극명은 예상치 못한 칼스타인의 말에 조금 당황한 표정을 짓더니 그에게 물었다.

"이유가 뭔지 물어도 되겠나?

"개인적인 사유입니다."

이유를 말하기 싫다는 우회적인 표현이었다. 블랙머천트와의 거래는 세세하게 말할 내용은 아니었다.

"흐음…."

칼스타인의 말에 제극명은 말을 잇지 못하고 소파의 손잡이만 손톱을 세워서 두드릴 뿐이었다.

제극명은 한참 동안 생각해보았지만 칼스타인이 길드에서 탈퇴할 이유가 없었다.

'설마….'

혹시나 하는 생각과 함께 마나를 일으킨 제극명은 철혈심법(鐵血心法)의 철혈안(鐵血眼)을 일으켜 칼스타인을 살펴보기 시작했다.

제극명의 철혈안이 칼스타인을 탐색하기 위해서 접근할 때, 칼스타인의 몸에서는 자연스러운 마나방어가 생성되었다. 마스터에 오르기 전에는 의식해야 발현되던 것이 이제는 마치 숨을 쉬듯이 자연스럽게 시전 되었다.

'음? 마나 방어가 더 좋아졌는데?'

자신의 철혈안이 막히는 것을 확인한 제극명은 좀 더 많은 마나를 투입하여 기감을 날카롭게 가다듬었다. 하지만 상당한 마나를 투입하였음에도 칼스타인의 방어는 뚫리지 않았다.

'이 정도 마나 방어라면…. 마스터! 마스터에 올랐군!'

몇 달 전의 만남에서 확인한 수준이라면 지금 정도의 마나를 투입한다면 아무리 방어를 하려한다 해도 어느 정도는 확인할 수 있을 것이기에, 제극명은 칼스타인이 마스터에 오른 것을 알아차릴 수 있었다.

사실 마나방어를 풀어서 자신의 경지를 낮추어 보이도록 할 수도 있었지만, 칼스타인은 군이 자신의 경지를 감추려 하지 않았다.

어차피 조만간 S급의 헌터 라이센스도 획득할 계획이기 때문에, 숨길 필요가 없었기 때문이었다.

"자네! 마스터에 오른 것인가!"

"네, 얼마 전에 마스터가 되었습니다."

"역시! 그럼 혹시 자네가 마스터가 된 것을 알고 다른 길드에서 스카웃 제의가 온 것인가? 만일 그렇다면 생각을 바꾸게나. 우리 제천에서는 다른 어떤 곳보다도 마스터가 된 자네에게 좋은 대우를 해줄 수 있을 테니 말이야."

제극명의 생각에는 이렇게 짧은 시간동안 마스터가 된 것은 엄청난 일이지만, 그것은 길드와 재협상을 통해서 자신의 조건을 높일 수 있는 요인이지 꼭 길드에서 나갈 이유는 되지 않았다.

마스터가 되자마자 길드를 나가겠다고 하는 것은 다른 길드의 스카웃 제의를 받았다고 생각하는 것이 자연스러운 흐름이었다.

"스카웃 제의는 오지 않았습니다."

"음? 그럼 왜 길드에서 나가려고 하는 것인가?"

스카웃 제의가 없었다면 더 나갈 이유가 없었다. 하지만 당연히 나올 수 있는 질문이었기에 칼스타인은 이에 대한 대답을 준비해 놓고 있었다.

"제 길드를 한 번 만들어보고 싶어서 제천을 나가려고 합니다."

길드를 만드는 것은 쉬운 일이 아니었다. 아무리 S급 헌터가 되었다고 해서 쉽사리 길드를 만들 수 있는 것은 아니었다.

소규모의 길드라 하더라도 하나의 온전한 길드가 되기 위해서는 사냥을 하는 헌터 외에도 지원부서, 정보부서 등의 조직을 갖출 필요가 있었다. 또한 헌터들 역시 하나의 사냥팀을 이루기 위해서는 탱커, 딜러, 서포터 등의 최소 인원이 필요하였다.

물론 처음부터 지원부서 같은 조직을 갖출 필요가 있는 것은 아니었다. 대부분의 길드들 역시 처음에는 소규모의 파티 형태로 시작했다가 필요에 의해서 규모가 커져갔던 것이기 때문이었다.

"흠… 지금까지 솔로플레이를 지향해왔다고 알고 있네만… 혹시 내정해 놓은 길드원이라도 있는 건가?"

"아닙니다. 아직은 저 혼자지요."

"그럼 소규모 파티부터 시작해서 하나씩 만들어갈 것이라는 말인데…. 자네도 길드에 있어봐서 알겠지만, 길드 일이라는 것이 이만저만 손이 가는 것이 아니라네. 차라리 우리 제천의 전폭적인 협조를 받는 편이 새로이 길드를 만드는 것보다 낫지 않겠나?"

"굳이 길드를 크게 키울 생각은 없습니다. 다만, 좀 더 자유롭게 사냥을 하고 싶다는 것이지요."

"자유? 혹시 우리가 자유를 제약하는 것 같은가? 만일 계약서상의 의무 사냥부분이 걸린다면 그 부분은 계약서를 수정하여 제외하도록 하지."

이 말에 칼스타인이 다시 말을 하려고 하자 제극명은 손을 들어 칼스타인의 말을 막은 뒤 자신의 말을 이었다.

"조금 더 들어보게나. 만일 자네가 S급 헌터 라이센스를 받으면, 뭐 지금으로 봐선 당연히 받겠지만, 어쨌든 받기만 한다면 영웅등급의 아티팩트 사용권을 주겠네. 자네도 알겠지만 영웅등급의 아티팩트는 아무리 자네가 마스터에 올랐다고 하더라도 쉽사리 구하기 힘들 것이라네."

지금 제극명은 어떻게든 칼스타인은 잡고 싶어 하는 눈치였다. 만일 칼스타인이 길드에 남을 생각이었다면 이런 제안들은 충분히 매력적으로 들릴 수 있을 것이나, 이미 떠날 생각을 하고 있었기에 이런 제안들은 그에게 의미가 없었다.

또한 제극명은 알 수 없었으나, 칼스타인은 이미 영웅등급의 아티팩트를 가지고 있는 상태였다.

그것도 사용권이 아닌 영구적인 소유권을 얻었기 때문에, 지금 그의 제안인 영웅등급의 아티팩트 사용권 정도는 칼스타인에게 전혀 매력적이지 않았다.

"말씀은 감사드리지만, 저는 어디에 묶이는 것이 거추장스럽더라고요."

칼스타인의 말에 제극명은 그 말을 받는 대신 잠시간 그의 눈을 바라보았다. 그리고 이내 허탈한 표정을 지으며 말했다.

"흠…. 자네도 남 밑에 있을 인물이 아니었군….."

그 역시 한 조직의 수장이었고, 다른 조직의 수장들을 많이 만나 보았다. 그랬기에 칼스타인의 눈에 서린 강한 의지를 보고 그가 타인의 밑에 있을 인물이 아닌 것을 알 수 있었다.

잠시간은 있을 수 있을지 몰라도 장기적으로는 결국 다른 사람의 밑에 있을 성정이 아니라는 것을 깨달을 수 있었다.

'포섭은 힘들겠군… 큭…. 마스터가 되었다 길래 이번 마스터스 리그에서 써먹을 수 있을 줄 알았는데… 흐음…. 포기해야하나… 차라리….'

뭔가를 생각하는 듯 한참 말이 없는 제극명을 향해 칼스타인이 입을 열었다.

"죄송하게 되었습니다. 길드장님."

제극명은 그 짧은 시간동안 뭔가를 생각하고 결심했는지 아쉬운 표정을 지우고 칼스타인의 말에 대답했다.

"아닐세, 죄송할 게 뭐 있겠나. 더 좋은 길을 찾아 나선다고 그러는 것인데 말이야. 나중에 자네가 새 길드를 만든다면 우리 제천과 좋은 관계를 유지했으면 좋겠구만."

"당연하지요. 지금까지 많이 도와주셔서 감사합니다. 어쨌든 아까 말씀 드린 부분들은 다 처리하고 가겠습니다."

그 말을 끝으로 자리에서 일어나려는 칼스타인에게 제극명이 말했다.

　"아니야. 주택 구입대금은 내가 호의에서 준 것이니 넘어가고, 위약금도 되었네. 우리 제천이 그 정도 돈이 없는 것도 아니고… 차라리 앞으로 우리 관계를 위해서 자네에게 작은 빚을 지워두는 것으로 하지. 하하하."

　"아닙니다. 원칙이 있으니 금전적인 부분은 정리를 하는 것이 좋지 않겠습니까?"

　제극명의 말에도 칼스타인이 계속 금전 지급을 이야기하자 그는 하나의 제안을 꺼내었다.

　"어허. 괜찮다고 하지 않나. 음…. 그럼 이건 어떤가?"

　"뭐 말입니까?

　"자네가 정 그렇다면 나와 함께 S급 몬스터홀 하나를 사냥하는 것은 어떻겠나?"

　"사냥 말입니까?"

　"그래, 나도 S급에 오른 자네와 사냥 한 번 못한 것이 아쉽기도 하니, 같이 사냥을 하는 것으로 아까 전에 말한 금전적인 부분을 깔끔하게 퉁 치자는 것이지. 물론 정산은 정상적으로 해주겠네."

　사냥에 대한 정산마저 정상적으로 해준다면 칼스타인

으로서는 손해 볼 것도 없었다.

오히려 나가는 마당에 정보비도 없이 S급 몬스터홀에서 사냥할 수 있는 기회를 얻을 수 있으니 손해가 아니라 이익이라 볼 수도 있었다.

그런 사실을 알고 있는 칼스타인은 제극명의 제안에 역으로 제안을 하였다.

"음… 그럼 아티팩트를 제외한 몬스터 사체나 코어에 대한 정산금은 포기하는 조건으로 하지요. 그 정도는 해야 어느 정도 보답은 될 것 같습니다."

사실 S급 몬스터홀을 혼자서 온전히 사냥한다 해도 한 번에 300억은 벌기는 힘들었다.

그렇기에 이걸로 완전한 보답은 될 수 없을 것이지만 칼스타인의 말처럼 이 정도는 해야 그가 빚에 대한 느낌을 다소나마 덜 수 있을 것이었다.

"아니야. 구한 몬스터홀이 S-중급 몬스터홀이라 혹시 모르는 변종이 있다면 위험할 수도 있으니 어차피 나와 성도만 가긴 좀 그랬었네. 그래서 S급 헌터 한 명을 더 섭외하려고 했는데 자네가 함께 한다면 초빙료를 아낄 수 있으니 되었네."

"그래도 정산금은 받지 않겠습니다. 그래야 제 마음이 편할 것 같군요. 이해해 주십시오."

"흐음… 알겠네. 자네가 정 그렇다면야… 아직 몬스터 홀의 오픈까지는 시간이 좀 있으니 준비가 되면 사전에 연락을 주겠네. 아마 보름 정도면 될 거야."

"네. 알겠습니다."

"그럼 그 때 보도록 하지. 아, 그 전에라도 생각이 바뀐 다면 얼마든지 연락을 주게나. 제천의 문은 열려 있으니 말일세. 하하하."

"네, 그럼."

대화를 마치고 서로 간에 악수를 나눔으로서 둘은 만 남의 시간 마무리 하였다. 이후 칼스타인이 회장실을 벗 어나고 약간의 시간이 지나자 제극명은 휴대전화를 들어 어디론가 전화를 걸었다.

뚜~~ 뚜~~ 뚜~~

[오~ 제 회장, 오랜 만이군.]

전화기에서 들려오는 음성은 유창한 영어였는데, 제극 명 역시 영어에 능숙한지 자연스럽게 영어로 그의 말에 대답하였다.

"거의 2년만인 것 같군요, 카프론 지부장."

[그렇군. 뭐 우리가 한가하게 안부나 주고받을 사이는 아니니… 본론으로 들어가지. 그래 무슨 일인가?]

"다름이 아니라 거래를 하고 싶어서 연락을 했소."

이미 몇 차례 거래를 했던지 거래를 하고 싶다는 제극명의 말에 카프론 지부장은 자연스럽게 반응하였다.

[크크큭. 그럴 줄 알았지. 우리 사이에 연락할 일이라곤 그것 뿐이니… 거래 물건은 아티팩트인가? 그럼 특수능력이 있는 희귀? 아니면 영웅?]

"아니오."

[아티팩트가 아니라면… 크큭. 뭔가 좋은 재료를 구한 것인가? 어떤 특수능력이 있는 이능력자인가?]

"특수능력은 없지만, S급 능력자라면 어떻소?"

S급 능력자라 말에 카프론 지부장은 잠시 말을 멈추었다.

[호오. S급이라… 확실한 건가?]

"확실하지 않았다면 말을 꺼내지도 않았겠지."

[크큭. 포섭에 실패했나보군. 좋아, 좋아. 그럼 대가로 무엇을 원하나?]

제극명은 이미 생각해 둔 것이 있는지 망설이지 않고 대답했다.

"[헤르메스의 신발]을 원하오."

헤르메스의 신발이 어떤 것인지 순조롭게 이어지던 대화가 헤르메스의 신발이라는 말에 멈추었다. 정확히 말하자면 카프론 지부장이 응답하지 않은 것이었다.

잠시간의 시간이 지난 후 카프론 지부장은 내키지 않는다는 목소리로 제극명에게 물었다.

[헤르메스의 신발이라면 내가 판단하긴 힘들 것 같군. 로드께 승인을 받아야 되는 사항이야.]

"기다리겠소. 우리 역시 오래 기다릴 수는 없으니 3일의 시간을 드리지요."

[알겠네.]

그렇게 전화를 끊은 제극명은 가만히 생각에 잠겼다.

'마스터스 리그에 데리고 가지 못해서 아깝긴 하지만, 헤르메스의 신발을 얻을 수 있다면 마스터 하나를 포기하는 대가로 손해 보는 장사는 아니지. 일단 성도를 불러서 상황을 설명해야겠군.'

이미 칼스타인을 팔아치웠다고 생각하는지 제극명은 머릿속에서 헤르메스의 신발과 칼스타인을 놓고 손실을 저울질하고 있었다.

❖

제극명과의 대화를 마치고 자신의 차량으로 가는 칼스타인의 표정에는 자세히 보면 알아차리기 힘든 미세한 미소가 띠어져 있었다.

'뭔가 꿍꿍이가 있는 가보군.'

제극명은 자신의 의도를 잘 숨겼다고 생각했을 것이나 칼스타인은 미세하게 변하는 그의 기색을 잡아내고 있었다.

혹시나 하는 생각에 제극명과 대화를 나누는 동안 그가 알아차리지 못하게 백목심안을 운용하고 있었기 때문이었다.

제극명 역시 마스터의 무인이라 상세하게 살피지는 못했지만, 심경의 변화가 있었다는 것 정도는 확실히 알 수 있었다.

또한 군이 백목심안의 힘을 빌리지 않더라도 오랫동안 사람을 다루어 본 칼스타인은 제극명의 미세한 표정변화만으로도 그가 다른 꿍꿍이가 생겼음을 알아차릴 수 있었다.

'승부는 그가 말한 S-중급 몬스터 홀에서 나겠군.'

제극명이 뭔가 다른 생각을 하고 있는 것 같지만 칼스타인은 크게 걱정하지 않았다. 어차피 그가 동원할 수 있는 전력은 그 자신과 그의 아들 제성도, 그리고 소속 헌터들 정도가 전부였다.

어떤 생각을 하는지는 모르겠지만, 그 정도로는 칼스타인에게 큰 위협을 주기 힘들었다.

'그런데 대체 무슨 꿍꿍이지? 길드의 장씩이나 된 사람이 고작 희귀등급의 아티팩트를 노린 것은 아닐 테고….'

조금 전 칼스타인은 블랙머천트 연합회에서 영웅 등급 아티팩트인 벨로스 소드를 얻었지만 그것은 각인 형태로 마나마저 숨겨진 상태이기에 제극명이 그 존재를 알아차렸을 리 없었다.

그럼 남은 것은 희귀 등급의 크라서스 소드였는데, 고작 이 정도 때문에 제극명이 칼스타인을 노릴 일은 없었다.

주택 값으로 지급한 300억원 정도만 하더라도 크라서스 소드에 준하는 아티팩트를 구할 수 있을 것이기 때문이었다.

그가 다른 생각을 하는 것은 알 수 있었지만, 그 디테일한 부분까지는 알 수 없었다. 그리고 지금 상황에서 제극명이 자신에게 얻을 것은 없어 보였기에 칼스타인은 제극명의 생각이 궁금하였다.

'결국은 일이 벌어져야 알 수 있는 건가? 한 동안 바쁘겠어. 후후.'

조만간에 있을 흑영과의 일전에 제천과의 이 일까지 칼스타인은 한 동안은 바쁠 것 같다는 생각을 하며 자신의 차량에 올랐다.

⟡

　어두운 조명의 회의실의 중앙에는 육망성 형태의 탁자가 자리하고 있었고 그 탁자의 각 모서리에는 검은 로브를 둘러쓴 여섯 명의 사람들이 자리하고 있었다.

　탁자는 그 모양을 제외하고 별다른 장식이 없었지만, 사람들이 앉아 있는 의자의 등받이 양쪽에는 정교하게 조각된 부엉이의 상이 부착되어 있었다.

　사람들이 둘러쓴 로브는 보통의 로브가 아닌지 각 로브 속의 얼굴은 보이지 않았는데, 그 중 가장 상석으로 보이는 곳에 앉은 검은 로브에게서 목소리가 흘러나왔다.

　"다른 특이사항은 없습니까?"

　목소리 또한 변조 되어 있는 것인지 상석의 인물이 남자인지 여자인지, 어느 정도의 나이가 들었는지 조차 알 수 없는 기괴한 음성이었다.

　상석의 목소리에 대답한 것은 상석에서 우측으로 두 번째에 있던 인물이었다. 이 자 역시 목소리는 변조되어 있었다.

　"통상적인 보고는 이미 다 드렸고, 하나의 특이사항이 있습니다."

"뭐지요?"

"몇 주 전 한국에서 마스터로 추정되는 여성이 나타났는데 아직 그에 대한 정체를 파악하지 못하고 있습니다."

그 말에 반응한 것은 상석의 바로 우측에 있는 인물이었다.

"몇 주나 지났는데 아직 파악하지 못했단 말인가? 우리 미네르바의 이름에 먹칠을 하는 군."

"이성좌님, 말이 심하시군요."

"말이 심하다? 고작 한 명의 정체를 확인하는 것에 이렇게 시간이 걸린다면 삼성좌가 직무유기를 하는 것이 아닌가?"

"이성좌님!"

둘의 언성이 높아지자 상석의 인물이 손을 들어 그들의 말을 막은 후 삼성좌에게 말을 건넸다.

"정체를 파악하지 못했다면 초능력형인가요?"

보통 무투형이나 마법형의 능력자는 대부분 능력이 순차적으로 발달한다. 즉, B급에서 A급으로, A급에서 S급으로 성장한다는 의미였다. 물론 깨달음이라는 특이한 케이스가 있지만 대부분은 이런 성장 패턴을 보이고 있었다.

하지만 초능력형의 능력자는 계기에 따라서 등급을

뛰어넘는 성장을 이루는 경우가 많았다. 어찌 보면 무투형이나 마법형의 깨달음과도 비슷한데, 그 성장의 폭은 훨씬 더 비약적이었다.

일반인이 한번에 B급의 능력자가 되는 경우도 있었고, C급의 능력자가 한순간에 S급의 능력자가 되는 경우도 있었다.

그렇기 때문에 상석의 인물의 질문은 당연한 흐름이었다.

"아직 정확하게 확인되지는 않았지만, 전투 장면을 보아서는 전격 원소타입의 초능력형 능력자가 무술을 익힌 것으로 보입니다."

"원소타입 능력자가 무술이라… 왠지 익숙한 조합이군요."

"그렇지요. 홍의신녀라 불리는 한국의 S급 능력자 한설아가 그 조합입니다. 화염 능력자면서 관련 무공까지 익혔지요."

한설아의 능력이 단순히 무공이 아니라는 의미였다. 그리고 미네르바에서는 그것을 파악하고 있다는 의미가 되기도 하였다.

"그렇군. 그런데 전투장면을 확인했는데 정체를 파악하지 못한 것인가?"

"한설아의 마지막 공격이 대지의 기억을 날려버렸기에
미처 파악하지 못했습니다."

"그 전투장면이라는 것이 한설아와의 전투였군. 한설
아가 마지막 공격을 했다는 말은 지금 말한 자가 패배했
다는 말인가요?"

"정황상 그렇게 보입니다. 다만, 죽은 것은 아니라 공
간이동 등의 방법으로 자리를 피한 것으로 보입니다."

삼성좌의 대답에 이성좌가 비아냥거리는 듯한 말투로
그에게 물었다.

"한설아의 능력이라면 이미 시체마저 녹아버렸을 수도
있지 않소?"

"그것을 감안하고 분석했습니다. 하지만, 그 곳에서는
시체의 흔적은 없었고, 오히려 미약한 공간이동의 흔적
이 감지되더군요. 이 역시 한설아의 공격에 상당한 흔적
이 날아가 버려서 구체적으로 파악하긴 힘들었습니다."

"삼성좌의 능력부족으로 찾지 못한 것이 아니고?"

"이성좌님!"

딱~딱~!

다시금 둘의 언성이 높아지려 하자 상석의 인물이 의
자의 손잡이를 두드리며 그들의 말을 끊었다. 그리고 자
신이 말을 이어가기 시작했다.

"일단 사라졌다고 하니 다시 나타날 가능성이 높겠군요. 흐음… 위원회 직속의 움브라 1개조와 마케리움 1개조를 파견해서 정보를 취합토록 하지요."

움브라와 마케리움이라는 조직이 보통의 조직은 아닌지 삼성좌는 다소 놀란 듯한 말투로 상석의 인물에게 말했다.

"일성좌님, 움브라는 몰라도 굳이 마케리움까지는 필요하겠습니까?"

"아. 어차피 최근 한국에서 재미있는 움직임이 있다고 해서요. 필요하다면 개입해서 적극적으로 정보를 획득하게 하려고 그럽니다."

"아…."

"어쨌든 더 이상의 의견이나 특이사항이 없으면 이번 회의는 마치도록 하겠습니다."

일성좌의 마지막말과 함께 일성좌를 제외한 다른 인물들의 모습은 어둠 속으로 녹아내렸다.

아무도 없는 테이블에 혼자 앉아 있는 일성좌는 가만히 생각에 잠겼다.

'알려지지 않은 마스터라… 우리의 눈을 속이고 비밀리에 세력을 만드는 조직이 있다는 것인가? 재미있군.'

모던한 스타일의 검은 테이블에 앉아 있는 거구의 텁석부리 50대 중년인이 테이블 앞에 서 있는 40대 장년인에게 서류를 집어던지면서 소리를 쳤다.

"뭐라? 아직 찾지 못 했다고?"

40대 장년인 역시 작은 덩치는 아니었으나 텁석부리 중년인에 비하면 한참이나 작아보였는데, 서류에 맞은 후 더욱 몸을 움츠리면서 그 몸이 더욱 왜소하게 보였다.

"죄… 죄송합니다. 지부장님…."

"죄송이고 나발이고! 한국에서의 기반이 다 망가졌는데 그 범인을 찾지 못했다는 것이 말이 되는 것이냐! 장호(張虎) 넌 뭘 하고 있는 것이냐!"

"죄송…."

"죄송하다는 말은 집어치우고! 미네르바에는 알아보았느냐?"

"네…. 하지만 미네르바에서도 아직 뇌전마녀의 정체를 모르고 있는 눈치였습니다."

이들 역시 갑자기 사라진 셀리나의 행방을 쫓고 있는 중이었다.

"으흠… 미네르바에서 아직도 모른다라… 그럼 우리 지부에서 파견한 흑객들은 어떻게 하고 있느냐?"

"그… 그게…. 뇌전마녀가 출현했던 곳을 중심으로 탐색을 하고 있긴 하오나 아직 별 다른 정보를 구하지는 못한 것 같습니다."

"허어… 맹주님께 뭐라고 보고를 드려야 할 지…."

이후 텁석부리 지부장이 말없이 생각에 생각을 거듭하고 있자 장호는 조심스럽게 지부장에게 말을 건넸다.

"저… 지부장님."

"왜?"

"차라리 본단에 추혼객의 파견을 요청하는 것은 어떻겠습니까?"

"네 말은 결국 본부에 상황을 다 알리자는 것이냐?"

"그… 그렇습니다. 어차피 마스터에 오른 자라면 지부의 흑객 정도로는 상대가 되지 않을 것 아닙니까? 지부장님이 직접 나서지 않는다면 설령 뇌전마녀를 찾는다고 해도 제압하기 힘들 것입니다."

"끄응…."

장호의 말이 맞는지 지부장은 그의 말에 반박하지 못하고 앓는 소리만을 낼 뿐이었다. 조금의 시간이 더 지나자 결국 지부장은 장호에게 말을 건넸다.

"알겠다. 무성(武星)님께 연락을 하여 추혼객을 요청하도록 하지. 몇 조가 올지는 모르겠지만 추혼객들이 불편함이 없도록 네가 직접 챙기도록 해라."

"네. 알겠습니다. 지부장님."

"크윽…. 결국 본단에까지 손을 벌려야 하다니… 두고 보자 뇌전마녀…."

칼스타인은 아마 짐작하지 못하고 있겠지만, 그가 영혼 포인트의 수확을 위해서 셀리나를 활용했던 것이 세계 곳곳의 이능력 조직을 자극하였고 그 후폭풍이 이렇게 한국으로 몰려오고 있었다.

구름 한 점 보이지 않는 조용한 상해의 밤하늘이 마치 폭풍전야의 고요함과 같아보였다.

〈4권에서 계속〉

레이드
::신의 탄생

박민규 현대판타지 장편소설

NEO MODERN FANTASY STORY

[변호인 강태훈]의 작가 박민규가 선보이는
새로운 대작 [레이드:신의 탄생]!

누구보다 빨랐고 누구보다 강했던 사내
코리안 나이트 염인빈!
그가 동료와 세상을 구하기 위해 목숨을 내던졌다!

죽었다 생각했던 그가 다시 깨어난 곳은 강민혁의 몸!

-끝···나지 않았···다··· 두 개의 달이 뜨는···날
강한··· 군사들··· 함께··· 오겠···.

세상을 구하기 위해 싸웠던 발록의 마지막 말이
그로 하여금 더욱 강해지게 하는 원동력이 되고
그는 다시금 모두를 구하기 위해 예전의 강함을
초월하기 위해 새로운 다짐을 한다!

다시 태어난 그가 새롭게 시작한다!
보아라, 강민혁의 거침없는 행보를!

권능의 반지

권능의 반지

2 권능의 반지
김종혁 현대판타지 장편소설

1 권능의 반지
김종혁 현대판타지 장편소설

권능의 반지 1

권능의 반지로 인해 변화되는 지훈의 인생역전기!!
'권능을 당신의 손 안에!'

김종혁 현대판타지 장편소설

NEO MODERN FANTASY STORY

차원 왜곡으로 이세계와 지구가 연결 된 세상.
종족 전쟁 후 서로의 존재를 이해하며 교류가 시작됐고,
인류은 언제 터질지 모르는 폭탄을 안은 채
불안전한 황금기를 맞이한다.
꿈과 희망 그리고 신세계 개척이 가득한 이세계!

하지만 모든 사람이 그런 것은 아니었으니!
"꿈, 희망? 지랄하고 앉아있네. 좆이나 까잡숴."
그게 바로 김지훈이다.

암울한 생활 속에 우연히 얻게 된 권능의 반지.
'권능을 당신의 손 안에!'
반지에 새겨진 문구처럼

로또보다 더한 행운을 가져다 준 반지로 인해 그의 인생 역전이 시작된다!